NOAH FITZ

PAPAS MÄDCHEN

PSYCHOTHRILLER

INHALT

Zum Autor:	vii
Kapitel 1	1
Kapitel 2	7
Kapitel 3	15
Kapitel 4	35
Kapitel 5	47
Kapitel 6	53
Kapitel 7	61
Kapitel 8	67
Kapitel 9	73
Kapitel 10	81
Kapitel 11	85
Kapitel 12	89
Kapitel 13	93
Kapitel 14	99
Kapitel 15	109
Kapitel 16	113
Kapitel 17	117
Kapitel 18	125
Kapitel 19	133
Kapitel 20	135
Kapitel 21	145
Kapitel 22	163
Kapitel 23	171
Kapitel 24	175
Kapitel 25	181
Kapitel 26	187
Kapitel 27	195
Kapitel 28	207
Kapitel 29	217
Epilog	223

Danksagung 227
Bücher von Noah Fitz 229

Papas Mädchen
1. Auflage
(Deutsche Erstausgabe)

Lektorat: Stefanie Maucher
Korrektorat: Juliane Fröhlich/Jasmin Kraft
Umschlaggestaltung und Konzeption: © HollandDesign/Simone Holland
© hollanddesign@gmx.de
Idee und Motiv: Noah Fitz

E-Mail: NoahFitz@gmx.de

ZUM BUCH:

Winter.
Dunkler Wald.
Eine Hütte.
Sechs Männer.
Drei Kinder.
Ein tödliches Geheimnis.

> »Alles, was ich möchte, ist vor dem Schlafengehen keine Angst mehr zu haben.«
>
> — PIA

ZUM AUTOR:

Seit Jahren gehört Noah Fitz zu den beliebtesten Thriller-Autoren im deutschsprachigen Raum. Mit den bisher erschienenen Werken konnte er Topplatzierungen in den Bestsellerlisten erreichen und die Leser mit seinen spannenden Büchern begeistern. Noah Fitz schreibt nicht nur Thriller, sondern auch historische Romane und Kinderbücher – genau das macht ihn als Autor so außergewöhnlich.

Und das sagt Noah Fitz über seine Arbeit: Ein Buch zu schreiben, ist wie einen Film zu drehen, nur findet das Kino in den Köpfen der Leser statt und nicht auf der Leinwand; genau das ist am Schreiben so faszinierend für mich.

Bei Fragen, Verbesserungsvorschlägen und Anregungen, ist Noah Fitz unter noahfitz@gmx.de rund um die Uhr zu erreichen.

1

IM WALD

»Hol tief Atem, halte die Luft an. Ganz ruhig bleiben. Du machst das gut. Jetzt visierst du das Tier an und drückst ab.«

Seine Stimme ist dicht neben meinem Ohr. Er flüstert zwar, aber ich zucke dennoch leicht zusammen. Sein Atem riecht nach Alkohol und Kautabak und ich spüre dieselbe Angst, die mich jede Nacht heimsucht. »Los, mach es!«, drängt er mich dazu, das schöne Tier zu töten. »Hab dich nicht so.«

Wenn ich mich weigere, wird er mich dafür bestrafen. Das weiß ich.

Die Kälte kriecht tief unter meine Haut, weil seine Hand sich grob unter meine Jacke schiebt. Seine klobigen Finger tasten sich weiter hoch zu den Rippen. »*Er ist ein Macher*«, sagen die Dorfbewohner über meinen Stiefvater. »*Er packt gern zu.*«

Wenn sie nur wüssten, wo seine schwieligen Hände schon überall gewesen sind. Bei dem Gedanken schwillt der Kloß in meinem Hals zu einem Tennisball an.

Die rissige Haut seiner Hände ist rau wie Schleifpapier und hinterlässt ein unangenehmes Brennen auf meinem nackten Rücken.

»Komm schon, Pia«, flüstert er mit bebender Stimme. »Beeil dich, bevor das Vieh Lunte riecht.«

Mein Blick wird von seiner Atemwolke getrübt. Der Schnee unter uns knirscht leise, als Emil sich noch dichter an mich drückt. Als sich die Sicht wieder klärt, schaut mich das Reh direkt an.

»Jetzt«, knurrt Emil mir ins Ohr, dabei schließen sich seine Finger zu einer Faust und quetschen meine Haut zusammen.

Mein Finger liegt auf dem Abzug und krümmt sich.

Der Schuss ist ohrenbetäubend laut, der Rückstoß des Gewehrs hinterlässt ein dumpfes Pochen im Bereich meiner Schulter und wirft mich nach hinten.

»Nicht schlecht für ein Mädchen«, lobt er mich und hält mich davon ab, rücklings ins Gebüsch zu purzeln, denn wir beide kauern auf einer Anhöhe. Unter uns befindet sich dorniges Gestrüpp und ein steiler Abhang, der in einem plätschernden Bach endet.

Ein großer Stein löst sich unter meinem linken Schuh und rollt, zuerst wie in Zeitlupe, dann immer schneller werdend, den Abgrund hinunter und verschwindet in dem blattlosen Geäst.

Das trockene Holz knackt laut in der Stille.

»Nicht schlecht«, wiederholt Emil und zieht seine Hand endlich zurück.

»Komm, wir schauen uns deinen ersten Schuss aus der Nähe an.« Er klopft mir auf die Schulter, packt mich dann grob am Kragen und zerrt mich auf die Beine. »Dein

Bambi scheint noch nicht ganz tot zu sein
liche Freude wird von der mir nur allzu
keit verdrängt.

Der von morschem Blattwerk u
bedeckte Waldboden knackt unter jedem
Schritte. Die dünne Schneekruste bricht sofort ein, sodass meine Füße versinken und das Vorankommen erschwert wird.

»Verdammte Scheiße, nicht, dass es uns noch wegrennt«, empört sich Emil. »Lauf schneller!« Er packt mich am Kragen und schiebt mich vor sich her.

Das Reh versucht abermals aufzustehen und strampelt dabei mit den dünnen Beinen. In der Bauchdecke des Tieres klafft ein rotes Loch.

»Gib das her!« Er reißt mir das Gewehr aus den klammen Händen.

Strauchelnd bleibe ich vor dem tödlich verletzten Tier stehen und möchte in Tränen ausbrechen.

Der jungfräuliche Schnee färbt sich rot und dampft.

Das Reh wehrt sich nicht mehr so stark gegen den bevorstehenden Tod.

Ich würde gern mit dir tauschen, spreche ich in Gedanken mit ihm und blicke tief in die dunklen Augen des Tieres.

»Nimm das hier. Schließlich willst du das Vieh nicht unnötig leiden lassen, oder?« Obwohl er sonst sehr wortkarg ist, scheint ihn das blutige Schauspiel aufzuwühlen und seine Zunge zu lösen.

Das große Messer mit glänzender Schneide und glattem Griff aus Hirschhorn wiegt schwer in meiner linken Hand.

.imm das verdammte Jagdmesser in die richtige d.« Schon fange ich mir dafür einen ordentlichen ieb gegen den Hinterkopf ein, sodass mir dabei die Fellmütze tief in die Stirn rutscht. »In die rechte!«, knurrt er und schultert das Gewehr.

Ich leiste seiner Aufforderung wortlos Folge, wechsle das Messer in die andere Hand und schiebe die Mütze zurück.

Tränen verschleiern mir die Sicht und laufen mir in zwei dünnen Bächen über die Wangen.

»Heulst du etwa?«

»Nein«, presse ich hervor und wische mir grob über die Augen.

»Du musst den Hals durchschneiden, genau hier, damit es schnell ausblutet. Und pass gefälligst auf seinen Kopf auf!«

»Ich glaube, die Ricke ist trächtig«, sage ich und spüre, wie mir bei dem Gedanken die Galle hochsteigt.

»Das ist ein Rehbock, und das, was ihm da aus dem Bauch quillt, ist sein Gedärm. Gottverflucht, wie dumm bist du eigentlich, hä?«

Ein weiterer Stoß, diesmal mit der Faust zwischen die Schulterblätter, katapultiert mich mehrere Schritte nach vorn. Ich muss mit dem rechten Fuß an einer hervorstehenden Wurzel hängengeblieben sein, denn mit weit aufgerissenen Augen und einem erstickten Schrei lande ich auf den Knien – knapp vor der dampfenden Blutlache und dem Kopf des Tieres.

»Mach es, sonst tue ich es bei dir«, dröhnt die vom vielen Rauchen kratzige Stimme meines Stiefvaters.

»Es tut mir leid«, bitte ich das Tier um Entschuldigung. Ein letztes Mal schaue ich in ein dunkles Augenpaar und mache genau das, was Emil mir beigebracht hat.

Noch mehr Blut spritzt auf den weißen Schnee und rinnt über meine Hände.

»Wenigstens etwas, was du heute hinbekommen hast«, knurrt Emil und geht neben mir in die Knie. »Weißt du auch, wo wir unseren Niva abgestellt haben?« Der spöttische Unterton in seiner Stimme ist nicht zu überhören.

Mit gesenktem Kopf und geschlossenen Lidern schweige ich die Antwort aus.

Für einen kurzen Moment herrscht absolute Stille.

In diesem Augenblick der furchterregenden Ruhe, in der ich mich zu verlieren glaube, tauchen unschöne Bilder auf, die mich jedoch mit unglaublicher Zufriedenheit erfüllen. Ich sehe Emil, sein zu einer Maske erstarrtes Gesicht. Statt grauen Augen, deren Farbe an schmutziges Eis erinnert, hat er in seinem faltigen Gesicht zwei klaffende Löcher. Die vom Wetter gegerbte Haut ist mit feinen Blutspritzern besprenkelt und in seinem leicht geöffneten Mund schwimmt Blut, das ihm aus den Mundwinkeln läuft und auf den gekachelten Boden seines Schlachthauses tropft.

»Sag mal, bist du noch bei Trost?« Ein heftiges Ruckeln zerrt mich aus dem hässlichen und dennoch erfüllenden Tagtraum zurück in die Wirklichkeit.

Nachdem sich der Schleier gelichtet hat, sehe ich zuerst den grauen Himmel, dann die nackten Baumkronen, schließlich drängt sich das bärtige Gesicht meines Stiefvaters in mein Blickfeld. Zwischen seinen schmalen, rissigen Lippen steckt eine selbst gedrehte Zigarette. »Steh auf, sonst frierst du dir nicht nur den Arsch ab.«

»Ich kann dich nicht auch noch zum Wagen schleppen. Das Vieh ist schon schwer genug. Ich bin kein Jungspund mehr. Hopp, hopp. Hoch mit dir, dein Bewusstsein verlieren kannst du auch später, zu Hause in deinem Bett!« Er klatscht zweimal in die Hände und erhebt sich.

Ich stemme mich zuerst hoch auf die Ellenbogen.

Wie ist es nur passiert, dass ich ohnmächtig geworden bin? Vielleicht, weil ich heute nichts getrunken und gegessen habe?

Das Reh ist immer noch da, aber es ist endlich tot.

»Komm. Wir gehen zum Wagen. Hier gibt es einen Weg, mit dem wir ziemlich nah an das Vieh rankommen können.«

Emil lässt mich zurück und geht.

Wackelig auf den Beinen und benebelt im Kopf folge ich schließlich seinem Rufen, mit dem er mir weitere Prügel androht, wenn ich meinen Arsch nicht bald in Bewegung setze.

2

IM SCHLACHTRAUM, ABENDS AM SELBEN TAG

»Eine ziemliche Sauerei ist das hier.« Gert, mein Stiefbruder, sieht mich grinsend an. Seine spröden Lippen, über die er ständig leckt, werden dabei zu einer schiefen Sichel mit Ekzemen in den Mundwinkeln. »Musst beim nächsten Mal auf den Kopf zielen, genau hier.« Um mir zu verdeutlichen, welche Stelle er meint, drückt Gert, der von allen nur ›der Metzgersohn‹ genannt wird, den hölzernen Griff einer Knochensäge gegen seine Schläfe. »Genau hier«, sagt er mit leiser Stimme, lacht und wirft die Säge auf den Tisch. Das Sägeblatt wurde von Emil frisch geschärft und poliert, das Metall glänzt matt. Eine wohlige Gänsehaut jagt mir bei der Vorstellung über den Rücken, dass man damit beinahe mühelos Knochen durchsägen kann.

Der kopflose Tierkörper schimmert, als wäre das Fleisch mit hauchdünner Seide umspannt, weil Gert dem Tier das Fell abgezogen hat. Die Muskelstränge und Sehnen schillern im hellen Licht der Lampe.

Die Innereien, die nicht weiterverarbeitet werden, liegen in einer verzinkten Wanne.

»Hier, pul mal die Maden aus den Ohren«, sagt Gert und nickt in Richtung des Kopfes. »Muss ja später nach was aussehen. Deine erste Trophäe darf ja nicht madig werden.« Erneut verzieht sich sein Mund zu diesem hämischen Grinsen. Schweißperlen glänzen auf seiner Stirn. Das leicht gelockte, lichte Haar klebt feucht an seiner Kopfhaut und hat einen rötlichen Schimmer. Obwohl erst zwanzig, sieht er ziemlich verlebt aus. Vielleicht deshalb, weil er täglich vom Leben gefickt wird, wie ich von meinem Stiefvater und seinen Saufkumpanen?

»Was glotzt du mich so dämlich an, hm?« Seine Miene verfinstert sich. Die Kaumuskeln treten unter seiner von tiefen Narben zerfurchten Haut unschön hervor. Offenbar litt er als Kind unter starker Akne. Und bis heute – so viel ist sicher – leidet er unter einem Dachschaden. Der macht sich unter anderem dadurch bemerkbar, dass er mit keinem so richtig klarkommt.

»Du musst dich wieder mal rasieren und dir die Haare waschen«, murmle ich.

Seine braunen Augen werden zu schmalen Schlitzen. Da Gert nicht besonders helle, sondern ziemlich begriffsstutzig ist, benötigt er zum Verarbeiten von Informationen, egal wie schlicht deren Inhalt ist, nicht selten länger als ein Kind. Es dauert einen Moment, bis er sich mit der linken Hand über das stoppelige Kinn fährt.

Sein Blick kehrt sich nach innen, die mit Blut verschmierten Finger wandern nach oben zu den Haaren und verweilen einen Augenblick an der wulstigen Narbe oberhalb seiner rechten Schläfe.

»Es gibt keine Maden im Winter«, fahre ich fort und binde die schwere Schürze fester um meine Taille. »Wir sollten lieber hiermit fertig werden, bevor dein sturzbesoffener Vater auftaucht, dich grün und blau schlägt und mich in die Jauchegrube steckt. Waschen kannst du dich, wenn wir hier fertig sind.«

Gert blinzelt heftig. Das tut er immer, wenn er nachdenkt. »Jauchegrube?«, wiederholt er und schnappt sich ein Messer.

»Stell dich nicht so an, als ob du nichts davon wüsstest!«, erwidere ich und begebe mich auf die andere Seite des Tisches, ohne Gert dabei jedoch zu nahe zu kommen.

»Nein, weiß ich nicht«, beteuert er und fährt sich mit der Klinge vorsichtig über die Wange. Die roten Stoppeln bleiben an der Messerschneide kleben. Er wischt sie mit dem Finger ab. »Muss nachgeschärft werden«, murmelt er mit grüblerischer Miene.

»Wieso hängt ihr das Wild nicht auf? Beim Zerlegen meine ich«, will ich wissen und wechsle das Thema. Trotzdem spüre ich die Kälte und das zähe Blut auf meiner nackten Haut. In Gedanken liege ich in der Grube, die mit Blut und Innereien gefüllt ist. Ich höre Emils tiefes Lachen und das leise Geräusch des Reißverschlusses, als er seinen Hosenstall öffnet. Die scharfen Knochensplitter, die glitschigen und stinkenden Därme, Hufe und Krallen von geschossenen Tieren. Den warmen Strahl auf meinem Gesicht, den beißenden Uringeruch und den Stiefel auf meinem Kopf, der mich langsam in die Jauche drückt.

»Weil die Decke zu niedrig ist«, holt Gert mich ins Hier

und Jetzt zurück. »Mein Vater hat den Boden hier angehoben, wegen dem Hochwasser.«

Wegen des Hochwassers, korrigiere ich ihn gedanklich, verbeiße mir jedoch einen schlauen Kommentar, weil Gert schnell die Hand ausrutscht. Was das angeht, kommt er ganz nach seinem Vater.

»Und das Haus ist ziemlich alt. Hier drin hat schon mein Urgroßvater gehaust. Gebaut hat es aber jemand anderes.« Mit einer geübten Bewegung zieht er das Messer an einem Wetzstahl mehrmals ab, dreht sich um und poliert die Klinge. Mit derselben Gewandtheit prüft er anschließend die Schärfe mit dem Daumen und murmelt dabei einen alten Reim. »Schleife das Messer gut und spüre es an deinem eigenen Fleisch und Blut.« Zufrieden leckt er sich über den Daumen, der leicht zu bluten begonnen hat.

»Wieso tust du das immer?«, will ich wissen.

»Wie alt bist du eigentlich? Zwölf?«

Ich bin sechzehn und weiß, dass seine Gegenfrage nicht ernst gemeint ist, darum beiße ich mir einfach auf die Unterlippe und täusche ihm die Reumütigkeit vor, die er an mir nicht minder liebt als sein Vater. Nur hat Gert mich nie angerührt.

»Wie sonst soll ich wissen, ob das Messer scharf genug ist?«

»Stimmt«, sage ich und schenke ihm ein warmes Lächeln, das genauso gespielt ist wie meine Naivität und Unterwürfigkeit.

Er hebt die Brauen, legt das Messer beiseite und bindet sich einen dünnen Lederriemen, der sich tief in die Haut seiner hohen Stirn gräbt, um den Kopf.

»Wieso steckt dich mein Vater eigentlich in die Jauchegrube?« Er schnappt sich das Messer und beginnt das Tier zu zerlegen.

»Das weiß ich nicht«, erwidere ich ehrlich.

»Du sollst dein Haar besser abdecken. Stinkst du danach nicht wie ein Stück Scheiße? Komm näher und drück das Bein nach oben und leicht zur Seite.« Er zeigt mit der Messerspitze auf das Kniegelenk des Tieres. »Pack am besten hier an.«

Schnell schiebe ich die unbändige schwarze Locke unter die Kopfbedeckung und ziehe dann an dem Bein, damit Gert besser an das Gelenk herankommt. Der kurze Kraftakt verhindert, dass ich ihm antworten kann.

»Noch ein Stück«, knurrt Gert und drückt mit der linken Hand, die sich um meine Finger schließt, dagegen, bis das Gelenk knackt. Dann schneidet er geschickt die Sehnen durch.

»Kannst jetzt loslassen«, beschließt er und schneidet weiter.

»Er duscht mich ab«, greife ich den Faden wieder auf, denn ich weiß, Gert wird ohnehin nicht lockerlassen.

»Abduschen?« Er taxiert mich und wirft das abgetrennte Vorderbein auf einen anderen Tisch.

»Mit einem Schlauch«, sage ich leise.

»Aber …«

»Ich darf die Kernseife benutzen.«

»Aber …«

»Später, wenn alle schlafen, darf ich in die Badewanne steigen und …« Mir versagt die Stimme. *Er reibt mich mit Seife und Shampoo ein.* Das sage ich nicht laut, weil das nicht alles ist, was Emil mit mir macht. Tränen schwimmen in meinen Augen.

»Wieso weinst du? Warum sagst du es nicht deiner Mutter?«

»Sie ist nicht mehr meine Mutter. Sie gehört jetzt deinem Vater. Ich hasse sie.«

»Ist sie doch«, beharrt er und stochert mahnend mit der Messerspitze in der Luft herum. Zornesröte färbt sein mageres Gesicht dunkel. »Ist sie doch. Meine Mama ist im Mutterbett gestorben, nicht deine.«

Kindsbett, du Trottel, will ich sagen, verbeiße mir aber auch diese Bemerkung.

»Ich habe sie getötet!«, sagt er mit wackliger Stimme. Sein Kinn zittert, er ist den Tränen nahe. »Darum bin ich auch so blöde im Kopf.« Mit der Faust, in der er das Messer hält, schlägt er sich mehrmals gegen die Schläfe. »Die Nabelschnur lag fest um meinen Hals. Ich war fast tot, wegen ... wegen ... wegen ... wegen des ... Sauerstoff...«, stottert er, weil er nach einem passenden Wort sucht.

»Sauerstoffmangels?«, helfe ich ihm auf die Sprünge.

»Darum will Vater mir auch nicht das Schießen beibringen. Es sind einfach zu viele Fragen und ...«

Ihm versagt endgültig die Stimme.

»Du bist nicht blöde, Gert. Das sagt Emil zwar immer, aber du bist es nicht. Woher kommt eigentlich diese Narbe an deinen Kopf?«

»Geh jetzt! Ab! Verpiss dich!«, schreit er mich plötzlich an, sobald er wieder tief Luft holen kann und zeigt mit dem Messer zur Tür. »Sag Vater, ich komme allein zurecht, weil du dich arg geschnitten hast.«

»Aber …«, will ich widersprechen. Gert kommt mir zuvor, beugt sich tief in meine Richtung, schnappt mit der linken Hand nach mir. Seine kalten Finger packen mein Handgelenk.

Geräuschlos gleitet die Klinge zuerst durch die Luft und dann durch meine Haut. Zunächst sehe ich nur einen dünnen Strich. Kurz darauf meldet sich der Schmerz und schließlich quillt Blut aus der fleischigen Wunde.

»Du musst die Finger zu einer Faust zusammenballen.« Gert lässt von mir ab, drückt mir ein Stück Stoff gegen die Wunde und zerlegt den Tierkörper ungerührt in weitere Einzelteile.

Der sengende Schmerz kriecht meinen Arm empor. Wie heiße Lava verteilt er sich durch sämtliche Glieder meines Körpers und treibt mir den Schweiß aus den Poren. Nicht die tiefe Wunde, die genäht werden sollte, bereitet mir Panik, sondern die Konsequenzen, die darauf folgen werden.

Gert wird niemals zugeben, mich absichtlich verletzt zu haben und sein Vater wird ihm glauben, dass ich allein für diese Misere verantwortlich bin.

3

IN DER STUBE

Mein Herz rast. Die Stufen unter mir knarzen. Das Durcheinander von Stimmen wird mit jedem meiner Schritte lauter.

Mit der unverletzten Hand halte ich mich an dem Griff der Tür fest, die den Keller von der Stube und mich von den betrunkenen Männern und ihrem Gegröle trennt. Ich öffne sie. Die Angeln quietschen leise, aber dieses Geräusch geht in dem Gelächter der oben versammelten Männer unter.

Durch den schmalen Spalt kriecht feuchtwarme Luft. Der Geruch von kochendem Sauerkraut und Kesselfleisch steigt mir in die Nase. Mir stockt der Atem.

Ich schlucke schwer und drücke die Tür weiter auf. Das gelbe Licht in der Gaststube, wie der Raum von Emil genannt wird, in dem am Wochenende immer reichlich gegessen und bis tief in die Nacht gesoffen wird, jagt mir noch mehr Angst ein. In diesem Zimmer wurde mir nach so einem Saufgelage zum ersten Mal wehgetan, so richtig, richtig wehgetan.

Der Lappen in meiner Faust hat sich vollgesogen. Das warme, zähflüssige Blut rinnt wie Quecksilber zwischen meinen Fingern hindurch und färbt die Knöchel rot. Einzelne Tropfen fallen zu Boden und treffen auf die hellen Holzdielen, die Emil vor Kurzem frisch schleifen und lackieren ließ. Rote Kleckse markieren meinen Weg aus dem Keller.

Die Luft verdichtet sich. Die Gerüche werden intensiver, die Geräusche dumpfer, weil das Rauschen in meinem Kopf zunimmt.

Meine Mutter steht am Herd und zerstampft Kartoffeln zu Brei. Ihr Haar, das früher einmal dunkelblond war, ist grau meliert, das Gesicht zerschunden und vorzeitig gealtert. Sie würdigt mich keines Blickes, weil sie mit Kochen beschäftigt ist. Ihre Bewegungen wirken mechanisch.

Emil bemerkt mein Auftauchen zuerst. Mit den fahrigen Bewegungen eines Betrunkenen und einem süffisanten Lächeln im feisten, bärtigen Säufergesicht winkt er mir zu und zeigt auf seinen Schoß, wo ich Platz nehmen soll.

Als die Übrigen beginnen, Notiz von mir zu nehmen, verklingt ihre Leutseligkeit in einem dumpfen Aufeinanderprallen von irdenen Humpen, die allesamt bis zum Rand mit frisch gezapftem Bier gefüllt sind.

»Kind, was ist denn mit dir passiert?«, höre ich die Stimme meiner Mutter wie durch ein Kissen.

»Hat sich wieder mal dumm angestellt«, antwortet Emil lallend an meiner Stelle.

Meine Mutter scheint augenblicklich zu schrumpfen und wendet sich wie gewohnt von mir ab und wieder ihrer Arbeit zu. Die bloße Anwesenheit von Emil schüchtert sie ein.

Ich höre das Schmatzen des Kartoffelbreis und das Schlürfen von gierigen Mündern.

»Wie dumm kann man eigentlich sein, dass man sich ständig ins Fleisch schneiden tut«, begehrt Emil weiter auf und leert seinen Humpen in einem Zug. Bei jedem Schluck kann ich sehen, wie sein Kehlkopf auf und ab hüpft.

Ganz kurz flackert in mir der Gedanke auf, diesem aufgeblasenen Typen in die Parade zu fahren, aber genauso so schnell, wie dieses Verlangen aufgeflammt ist, erlischt es auch. Zurück bleibt nur ein schaler Geschmack auf der Zunge und bodenlose Scham.

Emil liebt meine Mutter nicht. Jegliche Zuneigung, die die beiden jemals verbunden haben mag, ist seit Jahren erloschen. Alles, was Emil noch bei meiner Mutter hält, ist ihre rückhaltlose Ergebenheit und der rückgratlose Gehorsam. Und ihre Verschwiegenheit, was mich angeht.

»Ich brauche noch mehr Brotkrumen. Für die Klöße«, sagt sie und geht in gebeugter Haltung zur Tür hinaus, die zur Vorratskammer führt.

Wir drei wissen, dass das nur ein Vorwand ist, um von hier zu verschwinden. Sie will sich wieder mal aus allem heraushalten und überlässt mich dem Schicksal.

»Was hast du diesmal angestellt?«, will Emil von mir wissen und stiert mich feixend an. Die übrigen Typen drehen ihre Köpfe in meine Richtung. Hinter den glasigen Blicken verbirgt sich eine lüsterne Begierde. Sie taxieren mich. Einige lecken sich ungeniert die vom fettigen Essen glänzenden Lippen, andere reißen große Fleischtücke vom Knochen ab und kauen genüsslich darauf herum, während sie mich anstarren, als stünde ich nackt vor ihnen. Alle bis auf einen, der jünger ist als der Rest, haben mich schon mal nackt gesehen und sind in mich eingedrungen.

»Bist du auf einmal taub geworden? Sieh mich gefälligst an, wenn ich mit dir rede!«, herrscht Emil mich an. Er macht Anstalten, sich zu erheben, wird aber von seinem grauhaarigen Nebenmann zurückgehalten.

»Ich sollte mir die Hand anschauen«, verkündet Tankred und steht schwerfällig auf. Er ist klein, hat einen kugelrunden Bauch und dünne Beine, die nicht ganz zu seinem wuchtigen Oberkörper zu passen scheinen. An seinem krausen Bart hängen noch Essensreste, die er sich mit einer Stoffserviette wegwischt. Der Stuhl, den er nach hinten schiebt, kratzt laut über den Boden. »Komm her, Mädchen«, spricht er mit der väterlichen Stimme eines älteren Herrn. In einem Film würde er den perfekten Weihnachtsmann abgeben. Die Brille mit runden Gläsern auf der fleischigen Nase verleiht seinem runden Gesicht etwas Vertrauenswürdiges. Aber das täuscht, denn er ist einer der Schlimmsten von den hier Anwesenden.

Ich mache zwei Schritte zurück.

»Onkel Tankred tut dir nichts Böses.« Seine Stimme lässt meinen Magen zu einem Eisklumpen gefrieren. Ich erinnere mich an sein Stöhnen an meinem Ohr und die netten Worte, die er mir zuflüsterte, während er von hinten in mich eindrang. Sein Ding ist nie wirklich hart und er braucht immer mehr Zeit als jeder andere hier, bis er mit dem, was er mit mir macht, fertig ist.

»Es ist nichts«, stottere ich und mache zwei weitere

Schritte nach hinten, bis ich buchstäblich mit dem Rücken zur Wand stehe.

»Komm schon.« Hinter seinem glasigen Blick kann ich unschwer all die abtrünnigen Gedanken erkennen, die ihm durch den kranken Kopf schwirren.

»Pia, nun stell dich nicht so an.« Er streckt seine kurzen Finger nach mir aus. Wie oft haben sie meine kleinen Brüste massiert und wenn es mit seiner Männlichkeit doch nicht klappte ... Ich wische die Erinnerung beiseite und fokussiere meine Aufmerksamkeit auf den Neuen.

Er ist schmal gebaut, aber überragt die Übrigen mindesten um eine Hauptlänge. Seine Gesichtszüge wirken beinahe feminin. Er sieht mich nicht direkt an, so als würde er sich dafür schämen, hier zu sein.

»Wer bist du?«, frage ich und ignoriere Tankred. Er fühlt sich nicht wohl in seiner Haut, das kann ich an seinem bleichen Möchtegern-Harvard-Universitäts-Gesicht deutlich ablesen. Seine Züge erwecken auch das Gefühl in mir, dass er ein Geheimnis verbirgt.

»Ich?« Er verschluckt sich an dem einzelnen Wort und tupft sich die Mundwinkel mit einer dicken Stoffserviette ab, die zuvor auf seinem Schoß lag. Er trägt eine Fliege und ein weißes Hemd. Sein Haar ist in der Mitte gescheitelt und noch schwärzer als meins. Die Augenbrauen haben eine ungewöhnlich perfekte Form und auch der schmale Schnurrbart untermauert seinen Hang zur Perfektion. Das weiße Einstecktuch in der Brusttasche seines Tweedjacketts komplettiert das Erscheinungsbild eines englischen Gentlemans.

»Hast du auch einen Namen?«, frage ich patzig, weil

ich nicht will, dass er mich so ansieht, als wäre ich ein Monster.

»Viktor«, verrät er stotternd seinen Namen und faltet die Serviette zu einem perfekten Viereck.

»Viktor ist mein Enkelsohn«, brüstet sich Tankred. »Studiert Doktor in Harbert.«

»Harvard und Medizin«, verbessert Viktor seinen breit grinsenden Großvater und fährt sich mit beiden Händen über das Haar, sodass der Scheitel, der aussieht wie mit einem Lineal gezeichnet, noch deutlicher hervorsticht. Vor Aufregung bilden sich rote Flecken auf seinen Wangen. In seinem Blick schlummert die unterschwellige Unterwürfigkeit eines Muttersöhnchens.

»Du bist also ein Doktor?« Zum ersten Mal in meinem Leben verspüre ich in Gegenwart eines Mannes ein Gefühl von Überlegenheit, darum schüttle ich den Kopf und verziehe den Mund.

»Nimm dir nicht zu viel raus, Mädchen, sonst setzt es was«, mischt sich Emil ein und vertreibt prompt diesen Anflug von kurzweiliger Macht wie einen bösen Geist. Ich bin wieder ein schutzloses Mädchen.

»Zeig deine Griffel her!« Emil steht von seinem Stuhl auf, wankt auf mich zu, stößt Tankred rüpelhaft zu Seite und greift nicht weniger grob nach meiner Hand. »Mach sie auf!«

Mit einem leisen Zischen den aufwallenden Schmerz unterdrückend, spreize ich die Finger.

Emil zieht den mit Blut vollgesogenen Lumpen weg und schnieft. »Wenn du ein Arzt bist, solltest du dir vielleicht den Scheiß hier anschauen, Viktor«, blafft er in die Richtung des Schnösels.

»Ich kann aber kein Blut sehen«, erwidert Viktor kleinlaut.

Emil prustet grunzend los. »Was?«, fragt er dann mit vor Tränen feuchten Augen. In seinem Blick spiegeln sich Spott und Unglauben wider. »Du kannst kein Blut sehen?« Er schaut kurz zu Viktors Großvater.

Der dicke Tankred macht bloß große Augen, sagt aber nichts.

»Du verarschst mich doch, oder?«, wendet sich Emil wieder Viktor zu.

»Ich habe zwar Medizin studiert, bin aber zu der Erkenntnis gekommen, dass das nichts für mich ist. Nächstes Jahr werde ich zu Wirtschaftswissenschaften wechseln«, sagt Viktor in beherrschtem Tonfall.

»Aber du wirst doch wohl eine Wunde nähen können, Viktor.« Tankreds vorläufiger Stolz ist ihm wie aus dem Gesicht radiert, stattdessen scheint er nun peinlich berührt von der Unzulänglichkeit seines eigenen Enkels zu sein. Natürlich sucht er einen Schuldigen dafür und wirft mir einen warnenden Blick zu, der nichts Gutes verheißt. Beim nächsten Mal wird er mich noch mehr demütigen.

»Ich weiß nicht so recht«, laviert sich Viktor aus der für ihn unkomfortablen Lage. Bestimmt war er der Star des heutigen Abends. Nun aber blicken ihn die Männer an wie einen Blender, wie einen Taugenichts mit den Allüren eines hochnäsigen Schnösels.

»Schau dir ihre verdammte Hand an, Viktor!«, schreit Tankred beinahe, jedes einzelne Wort betonend, und schlägt mit der rechten Faust auf die Anrichte. Glas klirrt, etwas Metallisches fällt klimpernd zu Boden. Viktor zuckt zusammen und hustet verlegen.

Er ist zusammengezuckt, weil er es gewohnt ist, geschlagen zu werden. Oder er wurde als Kind oft verprügelt. So etwas steckt für immer in einem drin. Man sieht die Angst in seinen Augen, bemerke ich mit steinerner Miene.

»Können Sie bitte näher kommen? Hier ist mehr Licht«, sagt er an mich gerichtet und rutscht ein Stück zur Seite. Seine linke Augenbraue zuckt nervös. Die Hände mit den langen, schmalen Finger liegen auf den Knien. Er sitzt da wie ein Musterschüler.

Er siezt mich? Mein Herz rutscht mir hoch in den Hals und pocht laut. *Was soll die ganze Aufmachung? Hat Emil sich für heute ein neues Spiel ausgedacht?*

Die Betrunkenen taxieren mich voller Erwartung. Niemand sagt etwas.

Die holzvertäfelte Stube mit den schweren Holzmöbeln wirkt auf einmal noch erdrückender als vorher. Die schwere Leuchte, die über dem Tisch hängt, wirkt wie ein Angstmagnet auf mich. Je näher ich dem gelben Licht komme, desto schneller schlägt mein Herz und beim letzten Schritt gerät mein Herzschlag ins Stolpern.

Viktors lange Finger sind schmal, kalt und ungewöhnlich weich, die Fingernägel bis zum Fleisch abgekaut und an den Rändern wund.

»Sieht nicht gut aus«, sagt er und sieht mich mitleidig an. »Du hast dich selbst geschnitten?«

Ich nicke. Am liebsten würde ich mich seinem sanften Griff entziehen. Da ich aber so viel Zärtlichkeit und Zuneigung nicht gewohnt bin, halte ich still.

»Das muss genäht werden«, sagt er knapp und tupft

das Blut mit der Serviette ab, die er kurz zuvor zu einem Viereck gefaltet hat. Die Wunde füllt sich sofort mit frischem Blut. »Wir müssen ins Krankenhaus. Ich kann fahren.«

»Papperlapapp«, unterbricht ihn Emil. »Garn und Nadel haben wir auch hier. Zeig uns, was du drauf hast, Herr Doktor!« Emil geht zu einem der Schränke, reißt dessen Tür auf und klimpert darin herum, weil er offenbar nach etwas Bestimmtem sucht.

»Da ist sie ja«, murmelt Emil und torkelt zurück zum Tisch. Mit den Zähnen entkorkt er die zur Hälfte gefüllte Flasche, spuckt den Korken auf den Boden und schüttet den nach Spiritus riechenden Inhalt über meine Hand.

»Sollte ja zuvor gründlich desinfiziert werden. Dieses Zeug hat eine an-ti-sep-ti-sche ... Wirkung«, mit dem Wort ›antiseptisch‹ hat er auch im nüchternen Zustand seine Schwierigkeiten, darum splittet er es in einzelne Silben und hickst laut, bevor er das Wort »Wirkung« hinzufügt.

Ich beiße fest auf meine Unterlippe und verkneife mir mühsam einen Schrei, weil es wie Hölle brennt, aber kann die Tränen des Schmerzes nicht länger unterdrücken.

Emils sardonisches Grinsen entblößt seine krummen Zähne, die an alte Grabsteine erinnern. Er leckt sich die Lippen und leert den Rest des beißenden Alkohols in seinen Schlund.

»Hat doch gar nicht wehgetan, oder? Bist ja schließlich ein tapferes Mädchen.« Emils Hand schließt sich um meine und quetscht sie zusammen. Als ich schreien will, legt sich eine fleischige Hand auf meinen Mund.

»Sch, sch, sch«, flüstert Tankred mir ins Ohr. »Wir

wollen ja nicht die ganze Nachbarschaft zusammenschreien.« Er rülpst laut.

»Lass sie los«, bestimmt Viktor.

Zu meinem Erstaunen befolgt Tankred die Anweisung seines Enkelsohns.

»Anna!«, brüllt Emil und lockert seinen Griff. »Bring Garn und Nadel her, deine Tochter muss genäht werden!« Dann setzt er sich wieder auf seinen Platz. »Kommt schon, Leute, wir lassen uns den Abend heute nicht von der Göre verderben.«

Zustimmendes Gemurmel schwappt durch den Raum.

Endlich lässt auch Tankred von mir ab. Seine linke Pranke, die auf meinem Po gelegen hat, wandert hoch zu meiner Schulter. »Er scheint dich zu mögen«, sagt er und zieht seinen Stuhl heran. »Anna, wir brauchen mehr Bier!«, ruft er dann meiner Mutter zu, die sich noch immer in der Kammer versteckt hält, bevor er seinen Humpen vollends leert. »Wo bleibt sie denn nur?«

Tankred sieht zu Emil. Als der sich erheben will, taucht meine Mutter mit drei großen Bierflaschen auf, die sie sich an die Brust drückt. Ihr ängstlicher Blick huscht nur für einen Augenblick in meine Richtung und wandert dann zum Topf, aus dem der hölzerne Griff ihres Stampfers herausragt.

»Wo bleibt eigentlich das verfickte Essen? Es stinkt nach Verbranntem! Siehst du nicht, dass das Fleisch alle ist?«, spielt Emil sich auf. Um seinen Kumpanen zu zeigen, wer hier das Sagen hat, nimmt er einen abgenagten Knochen und wirft ihn in ihre Richtung. Er verfehlt sie nur um Haaresbreite.

»Einen Moment«, beeilt sich *meine Mutter* zu sagen.

Sie so zu nennen, fällt mir schwer, denn sie ist schon seit Jahren nicht mehr der Mensch, bei dem ich Zuflucht suchen kann oder will.

»Garn und Nadel habe ich in meinem Auto und das entsprechende Equipment auch. Wenn Sie mich begleiten wollen?«, wendet sich Viktor mit unsicherer Stimme an mich. Seine Finger flattern, genauso wie jedes Wort, das er ausspricht.

Automatisch frage ich Emil mit einem Blick um Erlaubnis, mich entfernen zu dürfen. Dieser Automatismus steckt tief in mir drin. In diesem Haus geschieht nichts ohne seinen Segen. Diese Erkenntnis macht mich schier wahnsinnig, aber ich kann nicht anders und habe das selbständige Denken quasi verlernt. Das maliziöse Grinsen auf Emils Gesicht wird breiter. Er weiß genau, was in mir vorgeht. Genüsslich umschließt er mit der rechten Hand sein behaartes Kinn und genießt diesen Moment in vollen Zügen.

Viktor legt die Serviette in meine Hand und umschließt meine Finger mit seinen.

Ich schlucke schwer, wage aber nicht, mich Viktors sanftem Griff zu entziehen. Zum ersten Mal in meinem Leben ekele ich mich nicht davor, von einem Mann angefasst zu werden. Obwohl ich ihm heute zum ersten Mal begegnet bin, fühle ich mich auf wundersame Weise tief mit ihm verbunden. ›Karmische Beziehungen‹ oder ›Seelenpartner‹, diese Begriffe waren für mich bisher nur Hirngespinste irgendwelcher abgedrehten Esoteriker gewesen, doch nun habe ich eine leise Ahnung, was sie bedeuten könnten.

»Nun geht schon!«, blafft Emil. »Nicht, dass ihr mir

hier alles einsaut. Und du, Anna, beweg endlich deinen knochigen Arsch hierher. Du blamierst mich vor ganzer Mannschaft.«

Meine Mutter ist hin- und hergerissen. Sie weiß nicht, ob sie zuerst die Flaschen öffnen oder vorher das Sauerkraut und den Kartoffelbrei servieren soll.

»Wenn du mir erlaubst, gehe ich deiner Gattin zur Hand«, erklärt Tankred sich bereit, meiner Mutter behilflich zu sein. Ich weiß, dass dieser schmierige Typ auf meine Mutter steht. Hundertprozentig sicher bin ich mir nicht, aber ich erinnere mich verschwommen daran, dass ich die beiden schon mal in der Scheune dabei erwischt habe, wie sie miteinander rumgemacht haben.

»Mach hinne! Hauptsache, wir bekommen bald was hinter die Kiemen und das Bier geht nicht aus. Aber wehe, wenn du ihr an die Wäsche gehst!«

Lautes Gelächter brandet auf. Die Humpen werden in einem Durcheinander auf die Tischplatte geschlagen.

Emils feiste Wangen leuchten blutrot. »Ich kann meine Frau schließlich immer noch selbst beglücken!«, versucht er, das Gegröle zu übertönen. Dazu steht er sogar auf. »Trottel!«, brüllt er, dass ihm die Spucke aus dem Mund fliegt und plumpst wieder auf seinen Stuhl zurück.

Viktors Finger versteifen sich zuerst, genauso wie seine Miene. *Komm, lass uns von hier verschwinden,* versucht er mit seinen smaragdgrünen Augen zu verdeutlichen. Er erhebt sich. Seine Bewegungen sind abgehakt, mechanisch, beinahe roboterhaft.

Bist du ein Mensch?, will ich Viktor fragen, verkneife mir die Frage aber.

»Sie müssen die Hand zur Faust ballen …«

»Verpisst euch einfach!«, sagt Emil erneut und erhebt sich so ruckartig, dass sein Stuhl beinahe umkippt.

»Sieh mal einer an«, zieht Horst, unser Ortsvorsteher, ihn grölend auf. »Ich hab dir gleich gesagt, dass du den Kerl nicht mit hierherschleppen darfst. Auch wenn er dürr wie sonst was ist, kann er Pia immerhin das besorgen, wovon du nächtelang nur träumst. Und Tankred steht neben deiner Frau und hilft ihr beim Stampfen!«

Die anderen fallen in sein Gelächter mit ein.

Emil lässt seinen Unmut an meiner Mutter aus. Er geht auf sie zu, packt sie hinten am Kragen und schubst sie grob beiseite.

»Die Männer haben Durst, Weib! Mach, dass du die Kartoffeln und das Kraut an den Tisch bringst!«

»Sei nicht so grob zu ihr. Wir haben doch nur Spaß gemacht«, versucht Tankred Emils überhitztes Gemüt zu besänftigen. »Setz dich hin, ich mach das mit dem Bier und du, Anna, gibst die Kartoffeln in die Schüssel.« Tankred schiebt Emil sacht in Richtung Tisch.

Die restlichen Männer schweigen, weil sie wissen, dass ein Streit mit Emil schnell eskalieren kann.

»Komm zu uns!«, sagt Peter und winkt Emil zu sich. Er ist Anwalt und Emils ältester Kumpel.

»Wo bleibt das verdammte Fleisch?«

Meine Mutter greift mit bloßer Hand in den Topf, holt mehrere Stücke Fleisch heraus, legt sie auf ein Brett und stellt es auf den Tisch. Dann wendet sie sich wieder dem Kartoffelbrei zu.

»Tut mir leid, ich hab es ein wenig übertrieben«, sagt Emil, beugt sich über den Tisch, greift beherzt nach einem Fleischbrocken und reißt sich ein großes Stück heraus. Saft trieft zwischen seinen Fingern hervor. Er stopft sich das ganze Stück in den Mund und starrt mich dabei lüstern an.

»Was glotzt du so?«, will er mit vollem Mund von mir wissen. »Sieh zu, dass du bis heute Abend wieder heile bist. Und du, Viktor, sorgst dafür, dass sie nicht wie ein verdammtes Schwein verblutet!«

»Mein Auto steht im Hof«, wendet sich Viktor an mich. »Geht's?« Seine linke Hand legt sich sanft um meine Taille. Instinktiv zucke ich kurz zusammen, lasse ihn aber gewähren, weil ich das Gefühl habe, dass sich hinter dieser Geste nichts Sexuelles verbirgt. Er will mich nur beim Gehen stützen.

»Darf ich Sie stützen?«, fragt er mich dann, als habe er meine Gedanken gelesen.

Tatsächlich werden meine Knie weich.

»Wieso siezt du mich?«, wechsle ich das Thema.

»Wir kennen uns ja nicht, darum fand ich das ange...« Er verstummt mitten im Satz und schaut etwas verlegen drein.

»Und du hast einen echten Arztkoffer im Auto, obwohl du gar kein richtiger Arzt bist?«

»Ich bringe dich ins Krankenhaus. Die Wunde muss genäht werden«, weicht er meiner Frage gekonnt aus.

»Vorsicht Stufe. Hier kann man schlimm fallen«, höre ich mich viel zu spät flüstern. Die Vorstellung, in ein Krankenhaus gebracht zu werden, obwohl Emil es strikt verboten hat, bereitet mir mehr Kummer als der Gedanke, an einer Blutvergiftung zu sterben.

In dem schmalen Flur wird das Gelächter leiser. Die

Luft hier ist reiner und die Stille des Winters, der draußen regiert, präsenter.

»Das würde nur Ärger geben«, versuche ich, ihn von seinem Vorhaben abzubringen.

»Davon muss ja keiner was erfahren. Jedenfalls werde ich Sie nicht verbluten lassen«, sagt Viktor leise, aber entschlossen. Er schnappt sich seinen Mantel und legt ihn mir über die Schultern. Im schummrigen Licht wirkt sein Gesicht kantiger, weniger muttersöhnchenhaft.

»Sag bitte Pia zu mir«, flüstere ich kaum hörbar.

»Ich bin Viktor.«

»Ich weiß.«

Wir müssen beide grinsen. Ich komme mir dabei ziemlich kindisch vor, wie eines dieser Mädchen aus irgendwelchen Kitschromanen, die sich in den nächstbesten Gentleman verlieben.

»Komm jetzt.« Er greift nach der Türklinke.

»Nein, Viktor. Ich kann nicht«, wehre ich mich und schüttle leicht den Kopf.

»Dann fahren wir eben zu meiner Oma.«

»Du meinst zu Gisela?« Sie ist Tankreds Frau. Ich habe mich schon oft gefragt, wie sie mit diesem Widerling so viele Jahre ihres Lebens unter einem Dach verbringen konnte, ohne dabei je etwas von seinen sexuellen Vorlieben zu bemerken. Oder war das nur eine Art Taktik, damit sie ihn nicht verlassen musste? Tankred ist nicht wirklich reich, aber die beiden lebten für die hiesigen Verhältnisse recht gut. Im Gegensatz zu Gisela ist Tankred nicht gerade gut aussehend. Mit seinem dicken Bauch, dem vollen Bart und der runden Glatze hat er etwas von einem Zwerg. Und auch sein Kleidungsstil trägt nicht unbedingt zu einer angenehmeren Optik bei: Die kurzen Beine zwängt er in enge Cordhosen, zu denen er breite Hosenträger und ein aufgeknöpftes Hemd trägt. Angesichts dessen scheint die Vermutung, dass sie ihn aus finanziellen Gründen nicht verlässt, naheliegend zu sein. Sicher könnte eine Frau von ihrem Kaliber auch einen anderen, weitaus attraktiveren Mann für sich gewinnen. Sie ist schlank, groß und färbt sich die leicht gewellten Haare, die ihr bis zu den Schultern reichen, feuerrot. Auch wenn sie nicht viel jünger als ihr Ehemann ist, hat sie im Verlauf ihres Lebens nur wenig von ihrer Anmut eingebüßt. Gisela wirkt auf mich wie eine ungewöhnlich schön gealterte Elfe, die einen mürrischen Zwerg geheiratet hat.

»Du versinkst schnell in Gedanken, was?« Viktor berührt mich am Kinn und hebt meinen Kopf leicht an, sodass ich ihm in die Augen schauen muss. Ein flüchtiges Lächeln huscht über seine Lippen. »Nun komm schon mit! Oma war früher Notärztin und später Veterinärin. Noch heute flickt sie Tiere zusammen. Erst letzte Woche hat sie einer Kuh die Euter ...«

»Wird Gisela nicht sauer sein, wenn du mich mir nichts, dir nichts in ihr Haus schleppst?«, unterbreche ich Viktor.

»Warum das?« Seine Miene drückt überraschte Verwirrung aus, so als hätte ich etwas ziemlich Dummes gesagt.

»Na ja, immerhin kennst du mich noch gar nicht so lange«, druckse ich herum. Ich kann ihm ja schlecht eröffnen, dass seine Großmutter mich für ein ziemliches Flittchen halten muss, das für jeden die Beine macht, sobald Emil es befiehlt.

»Anna! Du verdammte Kuh hast eine ganze Flasche Bier verschüttet! Ich glaub es …« Das Fluchen meines Stiefvaters geht in einem panischen Aufschrei meiner Mutter unter.

»Dann soll sie halt vom Boden saufen«, schlägt jemand vor. Lautes Lachen aus mehreren Kehlen dröhnt in den Flur. Ich ahne, was jetzt kommt. Prompt beginnt das Haus unter dem lauten Poltern von Fäusten und Füßen zu vibrieren.

Einerseits verspüre ich einen flüchtigen Anflug von Genugtuung, weil heute nicht ich von den Männern drangsaliert und gepiesackt werde, nur ist dieses Empfinden nicht von langer Dauer. Obwohl meine Mutter mich stets im Stich lässt, bedrückt mich das Wissen, was sie gerade durchmacht. Nur wer nie in seinem Leben geschlagen wurde, kann sich keine Vorstellung von diesem Schmerz und der Erniedrigung machen. Ich stelle mir vor, wie sie auf allen vieren auf dem Boden kauert und die schaumige Bierbrühe von den Dielen leckt.

»Das macht sie nicht!«, mischt sich mein Vater ein. »Halts Maul, Tankred! Und ihr anderen auch! Sie ist meine Frau, kapiert? Weder rührt sie jemand an, noch sagt ihr mir, was ich zu tun habe. Ich sag's euch, wenn mir heute noch einer dumm kommt, vergess ich mich.«

Das Gegröle ebbt ab. Die Stille, die daraufhin hereinbricht, wirkt erdrückend.

»Wisch den Boden trocken und geh ins Wohnzimmer!«, schnauzt Emil meine Mutter an. »Und ihr schaut nicht so blöde, Bier gibt es noch genug!«, wendet er sich an die Männer.

Aus besagtem Wohnzimmer ertönt das dumpfe Schlagen der alten Standuhr.

»Komm jetzt!«, sagt Viktor und zieht mich mit sanfter Bestimmtheit aus dem Haus.

Ich wende den Blick von der Tür, hinter der meine Mutter Emil um Verzeihung bittet und trete in die Kälte hinaus. Mit voller Wucht schlägt mir ein kalter Windstoß ins Gesicht und raubt mir kurz den Atem.

»Ist es immer so kalt hier?« Viktor holt die Schlüssel aus seiner Jackentasche und entriegelt einen roten SUV. Er gehört Tankred, der sich mächtig was auf sein Auto einbildet.

Viktor hält mir die Tür auf.

Ich habe Mühe beim Einsteigen, weil die verletzte Hand noch immer vor Schmerz pocht. Viktor packt mich unter den Achseln und hebt mich hoch auf den Sitz.

»Ich schnalle dich an, und du passt währenddessen auf deine Hand auf. Wenn du Linkshänderin bist, und das bist du, wie ich beobachtet habe«, stellt er fest, »frage ich mich, wie du dich so tief schneiden konntest – und zwar in die Hand, mit der du das Messer hättest führen sollen.«

»Ich …«, der Rest der Lüge bleibt mir im Hals stecken. »Woher weißt du das?«

»Du wolltest mit der linken Hand nach dem Türgriff greifen. Das tun die Menschen meistens mit der dominanten Hand. Als deine Mutter geschrien hat, hast du dich mit den Fingern der linken Hand am Kinn berührt.« Er greift nach dem Gurt, beugt sich vor und schnallt mich an.

Viktor steigt schnell ein, startet den Motor und fragt mich: »Soll ich die Sitzheizung einschalten?«

Ganz plötzlich, ohne jegliche Vorwarnung, beginne ich zu weinen.

Sein Kopf schnellt zu mir herum und ich spüre, wie mich sein besorgter Blick durchbohrt. Sanft berührt er mich an der linken Wange und wischt die Tränen weg. »Hey, was ist mit dir? Hab ich was Falsches gesagt?«

Die Scheibenwischer holpern über die vereiste Fläche und hinterlassen zwei gleichmäßige Bögen. Ich blicke wortlos durch die Windschutzscheibe. Das Gebläse läuft auf Hochtouren und lässt das schmutzige Eis schmelzen.

»Hast du nicht«, presse ich nach einer Weile hervor. »Lass uns einfach fahren.«

4

GISELAS HAUS

»Hallo, mein Schatz. Du bist aber zeitig dran.« Gisela steht in der Tür. Ein weißes Wolltuch liegt um ihre schmalen Schultern und bildet einen krassen Kontrast zu ihren leuchtend roten Locken.

Wie alt mag sie wohl sein?, frage ich mich und beginne zu frösteln, als mich Giselas eiskalter Blick trifft. Ob sie auch an diesen Ritualen teilnimmt, die im Internet kursieren? Bei denen einige Auserwählte Blut von Jungfrauen oder Neugeborenen trinken?

Sei nicht lächerlich, zwinge ich mich zur Räson und versuche, möglichst unbefangen zu wirken.

»Tankred ist wohl nicht mitgekommen?« Gisela späht über unsere Köpfe hinweg und stellt sich sogar auf die Zehenspitzen. Ein Anflug von Hoffnung lässt ihre Stimme heller klingen. Sie trägt keine Brille. Ihr Gesicht ist zwar runzlig und die hohe Stirn von feinen Fältchen durchzogen, dennoch hat ihr Gesicht nichts von der seiner jugendlichen Schönheit verloren. Ob auch sie ein Gemälde im Schrank versteckt, das an ihrer Stelle altert?

Den Roman von Oscar Wilde, an den ich bei ihrem Anblick denken muss, habe ich auf dem Dachboden dieses Hauses in einer staubigen Kiste gefunden und mitgenommen. Tankred hat mich dort fotografiert. Er wollte seine neue Kamera ausprobieren, angeblich um herauszufinden, ob sie auch bei schwierigen Lichtverhältnissen zufriedenstellend funktioniert. Nachdem er mehrmals aufdringlich wurde, wurde aus dem Fotoshooting das reinste Handgemenge. Wenn ich allein mit einem von ihnen bin, kann ich mich fast gegen jeden dieser Männer zur Wehr setzen. Nur wenn Emil dabei ist, bin ich vor Angst wie erstarrt.

»Na gut«, sagt Gisela und lächelt ihren Enkelsohn mit einer solchen Wärme an, dass ich neidisch werde. »Er weiß wirklich nicht, wann genug ist. Seine Trinkerei bringt ihn noch ins Grab.« Sie schüttelt den Kopf und kurz darauf bleibt ihr abschätziger Blick an mir hängen. »Und warum in aller Welt hast du die hier im Schlepptau?«

Sie will mich nicht in ihrem Haus haben, stelle ich fest und würde liebend gern verschwinden, aber die Aussicht auf einen Krankenhausbesuch hält mich davon ab. Emil würde mich totprügeln. Und mit Peter als Zeuge würde er vor Gericht wieder mal erfolgreich seinen Kopf aus der Schlinge ziehen können.

Giselas legt ihre langen Finger an die linke Wange. Die Nägel sind rot lackiert und laufen spitz zu. Ihre Haut muss sich genauso trocken und brüchig anfühlen wie das Papier des Buches, das noch immer in meinem Versteck ist. Unter den Dielen im Fußboden neben meinem Bett.

Sie ist keine Elfe, aber vielleicht eine böse Hexe im schönen Gewand.

»Sei nicht so grantig! Sie hat sich schlimm geschnitten.«

Sobald sie Viktor ansieht, verändern sich ihre Züge. Sie werden weicher und die Wärme kehrt in ihr Gesicht zurück.

»Dann sollte sie schleunigst ins nächste Krankenhaus, wenn es wirklich so schlimm ist«, sagt sie ruhig. »Ach, Kindchen, du hast deinen Mantel vergessen.«

»Nein, den habe ich«, sage ich und ernte dafür einen missbilligenden Blick von Gisela.

»Ich habe Pia meinen Mantel überlassen. Wenn du uns endlich reinlassen würdest, müssten wir auch nicht länger frieren. Und was das Krankenhaus angeht, das ist ja nicht gerade um die Ecke. Viel zu gefährlich die Route bei dem Sauwetter. « Viktors Ton wird schroffer. Er geht eine Stufe höher und zieht mich mit sich, indem er mich sanft am Oberarm packt.

Gisela spürt seinen abrupten Stimmungswechsel und macht uns hastig Platz. »Na schön. Aber das soll mir nicht zur Gewohnheit werden! Dein Großvater darf sie auch nicht mehr mit ins Haus bringen«, sagt sie so, als wäre ich irgendeine dahergelaufene Katze.

»Oma, red gefälligst nicht so über sie!«

»Die ...«

»Ich weiß, die Schuhe werden auf dem Teppich ausgezogen«, unterbricht Viktor sie mit einem gespielten Lächeln und nimmt ihr so den Wind aus den Segeln. Sie will fortfahren, aber Viktor drückt ihr einen Kuss auf die

Wange und entledigt sich seiner auf Hochglanz polierten Lederschuhe.

»Komm rein«, wendet er sich an mich, geht in die Knie und hilft mir dabei, meine Schuhe auszuziehen. »Und Pantoffeln werden auch angezogen«, zieht Viktor seine Oma weiter auf und mimt dabei sogar ihre Stimmlage nach. Seine schmalen Finger fassen mich am Fußknöchel und schieben einen weichen Pantoffel über die Zehen. »Zum Glück hast du kleine Füße. Dir würde bestimmt sogar der Kristallschuh von Aschenputtel passen«, sagt er, nachdem er mir auch den zweiten übergestülpt hat.

»Sie kommt mir wirklich vor wie ein Aschenputtel. Zweifelhaft ist bloß, ob eine Prinzessin in ihr steckt«, gibt Gisela ihren Senf dazu und mustert mich von oben bis unten.

»Haben Sie schon den Roman *Das Bildnis* von Oscar Wilde gelesen?«, rutscht es mir unwillkürlich heraus.

»Nicht nur dieses Buch von ihm«, erwidert sie spöttisch. »Und es heißt *Das Bildnis des Dorian Gray* von Oscar Wilde«, verbessert sie mich und lächelt dünn. »Wo hast du dich geschnitten?«

»Ich möchte Ihnen hier nicht alles vollkleckern«, sage ich ausweichend.

»Oh«, sagt sie, als wäre ihr erst jetzt bewusst geworden, dass Schnittwunden für gewöhnlich bluten.

»Besser wir gehen in ein Zimmer, wo wir nicht sofort alles einsauen. Pia blutet noch immer ziemlich stark.« Viktor nimmt sich zwei Pantoffeln aus grünem Samt und schlüpft hinein.

Das ganze Haus wirkt groß, hell und geräumig. Ganz anders als unseres, in dem neben unzähligen Tierköpfen auch jede Menge Spinnweben an den Wänden hängen. Hier kann ich keinen einzelnen Tierkopf erspähen, geschweige denn irgendwelche Netze von ekligen Achtbeinern.

»Dann lass uns in die Waschküche gehen, dort wird eh bald renoviert. Ich bekomme endlich neue Schränke, die sich öffnen lassen, ohne dass ich dabei Angst haben muss, dass mir eine der Türen auf den Kopf fällt«, trötet sie voller Begeisterung. Mit einem Blick auf die Uhr sagt sie: »Wir müssen uns beeilen, denn ich habe heute Abend noch etwas vor. Komm, Mädchen! Und du, Viktor, solltest dir vorher die Hände waschen und sie desinfizieren. Und bring bitte gleich meinen Notfallkoffer mit. Steht neben der Kommode in der Kammer, wo Opa seine Jägerkluft aufbewahrt.«

Viktor nickt mir aufmunternd zu, schenkt mir ein Alles-wird-gut-Lächeln und lässt mich mit Gisela allein.

Sie ist ganz eindeutig keine Elfe, stelle ich erneut fest. *Und auch keine Hexe. Gisela ist eine verbitterte alte Jungfer.*

»Willst du hier Wurzeln schlagen?«

»Der Mantel?«, flüstere ich.

»Den kannst du an der Garderobe aufhängen.« Mit durchgestrecktem Rücken und gleichmäßigen Schritten stolziert sie durch den breiten Flur und verschwindet dann aus meinem Blickfeld.

Ungelenk und nur mit einer Hand streife ich den Mantel ab und hänge diesen an einen leeren Haken. Als ich mich schon abwende und Gisela in die Waschküche folgen möchte, fällt mir etwas ins Auge, das mich einen Moment innehalten lässt. In der großen Tasche des Mantels steckt ein Blatt Papier. Ganz vorsichtig ziehe ich an der Ecke des Blattes und kann einen einzigen Satz entziffern, der mein Blut gefrieren lässt. Ich halte eine außerordentliche Vorladung zu einem Gerichtsverfahren in der Hand.

»Du noch hier?«, wundert sich Viktor, der schon wieder da ist.

Ich schlucke hart, fühle mich ertappt. Schnell stecke ich den Brief wieder in die Manteltasche, bevor ich zu ihm herumfahre. »Wollte nur deinen Mantel ordentlich aufhängen«, lüge ich, in der Hoffnung, dass der Brief nicht mehr aus seiner Tasche herausragt.

»Komm!« Er zeigt mir den schwarzen Koffer und deutet mit einem Kopfnicken zu der Tür, hinter der Gisela verschwunden ist. »Du bist eine starke Frau. Jeder Mann würde bei so einem Schnitt heulend in einer Ecke kauern, du aber scheinst hart im Nehmen zu sein.«

Wenn du nur wüsstest, was ich schon alles hinnehmen musste, überlege ich und mir drängt sich der Verdacht auf, dass er auf selbstbewusste Frauen steht. Vielleicht wird seine Zuneigung irgendwann nützlich für mich sein.

»Kommst du?«

»Ja«, erwidere ich. »Wie lange hast du eigentlich vor, hier zu bleiben?«, will ich von Viktor wissen.

Er geht voraus. An der Tür zur Waschküche bleibt er stehen und meint dann: »Bis meine Oma uns rausschmeißt, schätze ich.«

»Was redest du da? Diesen Unfug wollen meine alten Ohren nie wieder hören«, kommt es prompt aus der Waschküche. Gisela hat anscheinend noch sehr gute Ohren.

»Ach, Oma, du bist doch nicht alt.«

»Du schmeichelst mir. Wie damals, als du noch ein Kind warst und dein Papa noch lebte.« Die gute Stimmung kippt, aber nur für einen kurzen Moment. »Du bist ihm wie aus dem Gesicht geschnitten«, Gisela lächelt und ihre Augen bekommen einen nostalgischen Glanz. Sie holt tief Luft. »Dein Papa war ein Engel.«

»Wo kann ich den Koffer abstellen, Oma? Ist ziemlich schwer das Teil und Pia muss endlich verarztet werden.«

»Stell ihn hier ab«, sagt sie und deutet auf einen großen Tisch.

Viktor geht in das große Zimmer, in dem sich diverse Baumaterialien befinden und einige Gerätschaften herumstehen, die mit dicker Folie abgedeckt sind. Zögerlich folge ich ihm. Hier drin riecht es nach neuen Tapeten und Farbe – typische Baustellenluft. Die Wände glänzen noch feucht. Die helle Farbe und die hohe Decke lassen den Raum beinahe konturlos wirken. Viktor stellt den schweren Koffer, der die Form einer Truhe hat, auf besagtem Tisch ab, der kurz unter dem Gewicht ächzt. Dann wischt er sich feine Schweißperlen von der Stirn und lächelt mich an, bevor er sie fragt: »Was brauchst du noch? Warmes Wasser und eine Schüssel?«

»Nur, wenn das Mädchen sich dazu entschließt, ein Kind auf die Welt zu bringen. Aber dem scheint nicht so zu sein, so dürr wie sie ist.«

Wie liebenswürdig, denke ich. Gisela versucht mich zu schmähen. Ich gehe auf diese Art Konfrontation nicht ein, verharre einfach neben Viktor und sage nichts.

»Oma, sei bitte nett! Sie ist meine Freundin ... also, ähm, ein Freund ...« Viktor gerät ins Straucheln, wird rot und zerrt an seiner Fliege. »Jedenfalls bin ich neu hier und will nicht, dass du die erste Person, die ich gut leiden kann, mit deinen Sprüchen vergraulst.«

Viktor macht sich daran, den Verschluss des Koffers zu öffnen. Der Deckel geht mit einem leisen Quietschen auf. Glänzende Instrumente wie aus einem Horrorfilm, in dem Menschen bei lebendigem Leib seziert werden, liegen zuoberst. Alle einzeln in Folie verpackt, befinden sie sich in einer weiß emaillierten Schale. Zangen, Scheren und langschnäbelige Pinzetten.

Mein Hals zieht sich bis auf die Größe eines Nadelöhrs zusammen.

»Hier. Du kannst dich auf diesen Stuhl setzen. Ich assistiere und du, Viktor, befolgst meine Anweisungen.«

»Er kann kein Blut sehen«, ergreife ich das Wort, noch bevor Viktor etwas sagen kann. Die Schweißperlen auf seiner Stirn werden größer.

»Und ich habe mir die Fingernägel frisch lackieren lassen.« Gisela wirkt pikiert und begutachtet ihre Nägel. »Dein Vater war hart im Nehmen. Entweder du machst es oder du stehst ziemlich feige da. Dein Vater hat sich nie hinter dem Rücken einer Frau versteckt.«

»Und wurde deswegen in Jugoslawien von einer Granate in Fetzen zerrissen.«

»Pass auf, was du sagst. Wenn dir mein Angebot nicht passt, dann seht zu, wie ihr klarkommt.«

»Schon gut.«, knickt Viktor ein und begibt sich hinter einen Stuhl, der mir von Gisela als Operationsplatz zugewiesen wurde.

Viktor hält sich an der Stuhllehne fest und wartet, bis ich darauf Platz genommen habe.

»Reagierst du auf irgendetwas allergisch?«, will Gisela wissen.

Auf nackte geile Männer mit Schmerbauch und kurzem Atem, will ich entgegnen, behalte diesen Ausbruch der Ehrlichkeit aber lieber für mich. »Nicht dass ich wüsste«, spreche ich stattdessen laut aus und setzte mich auf den Stuhl, der ebenfalls mit Folie abgedeckt ist.

»Zeig mir zuerst dein Malheur.«

Ich öffne die Faust und ziehe die Serviette weg, dann höre ich, wie Gisela bei dem Anblick scharf die Luft durch die Zähne einsaugt. »Sieht nach mehr Sauerei aus, als ich in meiner Gutgläubigkeit angenommen habe. Wir brauchen Tupfer, Pinzette, Desinfektionsmittel, Verbandszeug, Garn, Nadel und eine Spritze zum örtlichen Betäuben. Bis auf die Spritze habe ich alles da. Entscheide dich jetzt, Mädchen, entweder wir nähen, ohne zu betäuben oder …«

»Ja, das machen wir«, beeile ich mich zu sagen, weil die zweite Option nicht infrage kommt. Ich fahre in kein Krankenhaus.

»Ich ziehe mich schnell um, will mir das Kleid ja nicht einsauen. Du bereitest derweil den Rest vor«, sagt sie an Viktor gewandt.

Sie geht. Ihr helles, rot geblümtes Kleid raschelt. Die Bewegungen dieser Frau wirken lasziv.

»Sie wollte heute auswärts essen gehen, das habe ich ganz vergessen«, sagt Viktor und wirkt geknickt. »Aber du musst deswegen kein schlechtes Gewissen haben.«

»Tankred will mit Gisela essen gehen?« Ich kann mein Erstaunen nicht verbergen. Vor allem nicht, wenn ich an die Berge von Essen denke, die meine Mutter für Emil und seine Freunde auftischen muss. Fragend schaue ich auf zu Viktor.

»Nein. Sie geht mit ihrem Chorleiter essen.«

Draußen hupt es zweimal.

»Gisbert, komm bitte rein und warte im Wohnzimmer auf mich« hören wir Gisela flöten und werfen uns einen bedeutungsvollen Blick zu. »Es gibt hier einen kleinen Notfall. Ein Mädchen hat eine schlimme Wunde, die genäht werden muss. Die Schuhe kannst du anbehalten. Tritt sie aber vorher gut am Teppich ab.«

»Deine Oma geht fremd?« Ich kann ein Grinsen nicht unterdrücken.

»Nein. Gisbert ist nicht nur der Chorleiter, er ist auch ihr alter Schulkamerad.« Viktor drückt mir leicht die Schulter, geht zurück zum Tisch, wischt die glänzende Fläche mit einem Papiertaschentuch ab und besprüht sie mit Desinfektionsmittel. Danach wischt er das Feuchte mit einem blauen Mikrofasertuch ab. »Sie gingen früher hier zur Schule, als das Dorf noch voller Leben war.«

»Na, wenn das so ist«, sage ich, immer noch grinsend. Die gute alte Freundschaft zwischen (einer zufälligerweise sehr attraktiven) Frau und einem Mann – wer kennt sie nicht?

»Meine Oma ist nicht so eine«, verteidigt er sie und holt die benötigten Utensilien aus dem Koffer. Er breitet sie akkurat auf dem frisch polierten Tisch aus und vergewissert sich, ob er wirklich alles Nötige hat.

»Wie weit seid ihr? Gisbert ist da, und er wartet auf mich. Wir fahren in die Stadt und treffen uns mit ein paar anderen aus dem Gesangsverein. In drei Tagen ist Gottesdienst, da muss alles perfekt werden.«

Viktors Blick sagt mir: »Siehst du?«

»Es blutet wieder stärker«, stelle ich fest. In meiner Hand glänzt das frische Blut und wird allmählich zu einer Pfütze. »Wollen wir anfangen?«

»Sie soll die Hand in die Schale legen, dann saut sie mir nichts ein«, sagt Gisela, als wäre ich gar nicht anwesend. »Wenn wir fertig sind, putzt du hier alles blitzblank sauber, Viktor, verstanden?«

Gisela hat sich nicht umgezogen, sie hat sich nur eine Schürze umgebunden und das Tuch abgelegt. Das Haar hat sie mit einem Reif gebändigt.

»So, als Erstes müssen wir die Wunde reinigen, danach geht's ans Eingemachte. Hier, die müssten dir passen.« Sie zieht OP-Handschuhe aus der Vordertasche ihrer bunten Schürze, reicht Viktor ein Paar und streift sich selbst auch welche über.

»Du, Mädchen, schließt am besten die Augen und denkst an was Schönes.«

»Nein, das geht nicht«, sage ich. »Ich mache nie die Augen zu, wenn mir jemand Schmerzen zufügt.«

»Wer hat dir denn wehgetan?« Zum ersten Mal schwingt so etwas wie aufrichtiges Interesse in Giselas Stimme mit, als sie mit mir spricht. Aber ich weiß, dass sie sich einfach nur dumm stellt.

»Ein paar dumme Jungs in der Schule«, lüge ich.

Ihre angespannten Gesichtszüge werden weicher.

»Diese Art von Schmerzen kannst du nicht mit dem Schabernack und den Streichen deiner Kameraden vergleichen. Es wird nicht nur ziepen und ziehen, sondern höllisch weh tun. Um die Wunde zu verschließen, werden wir mindestens vier Stiche benötigen. Einzelknopfnaht«, sagt sie. Nicht gerade ermutigend. Dann wendet sie sich wieder ihrem Enkel zu. »Du, als angehender Arzt …«

»Ich habe das Studium abgebrochen, Oma. Das ist der wahre Grund, warum ich mich dazu entschieden habe, hierherzukommen. Nicht der Nachlass meines Vaters. Außerdem habe ich eine Gerichtsvorladung bekommen, wegen …«

Sofort wird Viktor von seiner Oma unterbrochen.

»Darüber werden wir später ausführlich diskutieren, aber gewiss nicht im Beisein einer Fremden. Und nun mach die Wunde sauber und bereite Nadel und Garn vor. Der Faden steckt in einem Fläschchen, die Nadel in einem anderen. Jetzt zu dir, Mädchen. Ich werde dich insgesamt achtmal piksen müssen. Zweimal pro Knoten.«

»Tun Sie sich keinen Zwang an«, sage ich, hole tief Luft und beiße die Zähne zusammen.

Sie taucht den Wattebausch in eine klare Flüssigkeit.

»Einmal kurz Luft anhalten.« Gisela hält mich am Handgelenk fest und fängt endlich damit an, die Wunde zu nähen.

Viktor, der mittlerweile ziemlich blass aussieht, steht daneben und kämpft gegen eine Panikattacke an.

5

IN PIAS ZIMMER

Ich liege in meinem Bett und starre zur Decke. Dabei versuche ich an nichts zu denken. Das Haus ist alt und die Wände, hinter denen Mäuse leben, ziemlich dünn. Heute vernehme ich nur deshalb kein Scharren oder Piepen, weil die scheuen Nagetiere von einem monotonen, dumpfen Klopfen vertrieben wurden. Direkt hinter mir erzittert die Wand im Sekundentakt. Irgendwo löst sich Putz und rieselt leise zu Boden.

Ich besitze nur ein altes Handy, aber keine Kopfhörer. Sonst hätte ich Musik gehört.

Emil keucht wie ein angeschossener Eber. Mutter lässt diese Schmach still über sich ergehen. Ihre ehelichen Pflichten muss sie nur noch selten erfüllen, weil Emil mich meiner Mutter vorzieht, aber heute lässt er mich wegen meiner verletzten Hand ausnahmsweise in Ruhe. Der wahre Grund ist aber ein anderer. Er hatte Angst davor, im Beisein seiner Kumpane keinen hochzukriegen, weil er zu besoffen ist. Außerdem hat Emil Angst vor dem Neuen, weil er nicht weiß, wie der Kerl tickt. Ich habe ihn belauscht, als er mit meiner Mutter darüber gesprochen hat, bevor er sich zu ihr ins Bett legte. Seit mehreren Jahren schlafen die beiden in getrennten Betten, doch heute nicht.

Ich schweife gedanklich ab und kann das Schlagen des Bettes gegen die Wand ausblenden, indem ich mir Schmerz zufüge. Ich bewege die Finger. Der beißende Schmerz meiner Wunde an der Hand, um die Gisela einen dicken Verband gelegt hat, der mit einer Klammer fixiert ist, wird intensiver. Meine Hand fühlt sich taub an, so als hätte ich sie mir in einer Tür eingequetscht.

Beklemmung breitet sich in mir aus, als in mir eine Idee Gestalt annimmt, die mein Herz zum Rasen bringen.

»Ich könnte frei sein«, flüstere ich träumerisch und schaue starr aus dem Fenster. Langsam, beinahe träge, schiebt sich der Mond, der die ganze Zeit von den Wolken verdeckt geblieben ist, hervor.

Ist das ein Omen?

Die silbern glänzende Scheibe am Himmel spendet mir Trost und erweckt scheue Schattengeschöpfe in meinem Zimmer zum Leben. Wie Scherenschnitte wandern diese Gespenster an der dem Fenster gegenüberliegenden Wand entlang und verkriechen sich irgendwo in der Dunkelheit.

Emil grunzt und sagt etwas zu meiner Mutter. Ich höre ihre Stimme nur vage, kurz darauf folgt das laute Klatschen einer schallenden Ohrfeige. Und dann ein Winseln und ein tiefes Lachen.

Was würde ich alles dafür geben, wenn Emil stürbe – er mitsamt seiner ganzen Versagerbande.

Ich könnte sie zerteilen und ihre Körperteile zu Hackfleisch verarbeiten, den Rest in der Jauchegrube versenken, die im Frühjahr von Gert und mir geleert und deren Inhalt in einem Erdloch entsorgt und zugeschüttet werden wird. Obwohl diese Vorstellung verlockend ist, weiß ich, dass ich das allein nicht schaffen werde. Ich bin eigentlich noch ein Kind.

Aber Viktor. Wenn er mir zur Hand ginge, könnte mein Plan ...

Du bist eine dumme Pute, unterbricht die innere Stimme der Vernunft meine Spinnerei. *Schlaf lieber ein.*

Mit einem träumerischen Lächeln auf den Lippen schließe ich die Augen und versuche mir vorzustellen, was wäre, wenn ich Viktor in meine Pläne einweihen könnte.

Plötzlich möchte ich überhaupt nicht mehr schlafen. Was, wenn Viktor einer von diesen Typen ist? Was, wenn alles, was er heute an den Tag gelegt hat, nur eine Showeinlage war? Er könnte ein perfides Spielchen mit mir gespielt haben, nur um mein Vertrauen zu gewinnen. So naiv wie ich bin, bin ich ihm wahrscheinlich zur Freude der anderen auf den Leim gegangen. Meine Gedanken werden zu einem bizarren Gebilde aus Empfindungen, Eindrücken und Wünschen, die sich niemals erfüllen werden.

Ich öffne die Augen. Tränen der Wut und Verzweiflung schwimmen darin. Der Mond wirkt jetzt wie ein Aquarell, die scharfen Konturen ausgefranst.

Du musst endlich anfangen, dein Leben selbst in die Hand zu nehmen, meldet sich erneut die Stimme der Vernunft in mir.

Ich setze mich aufrecht hin, lasse die nackten Füße einen Moment über der Bettkante schweben und fasse den Entschluss, mich dieser Bürde, dieser Last, die mich all die Jahre unterjocht hat, zu entledigen.

Ich knie mich vor mein Bett, schiebe die Finger meiner unverletzten Hand in den Spalt, löse vorsichtig das lose Brett aus dem Boden, lausche währenddessen dem lauten Schnarchen meines Stiefvaters und hole etwas aus meinem Versteck, das ich vor einem Jahr im Wald im Bauch eines skelettierten Tieres gefunden und mitgenommen habe – ein Stilett mit abgebrochener Spitze. Das Brett platziere ich zurück und begebe mich auf nackten Sohlen zum Schrank. Ich habe zwar keinen Jagdschein, aber Emil hat für mich eine komplette Jägermontur gekauft. Und heute hat er mich zum ersten Mal auf ein Tier schießen lassen.

Hasen und Vögel habe ich schon mehrmals aufs Korn genommen, aber Dammtiere und Schweine verlangen ein besonderes Können. Ich habe heute zwar das Reh erlegt, aber nicht gerade mit der Finesse eines erfahrenen Jägers.

Gert, mein Stiefbruder, ist ein Dummkopf. Man schießt einem Tier nicht in den Kopf, sondern in den Brustkorb, wo das Herz sitzt.

Ich ziehe mir die Camouflage-Sachen über und begebe mich nach unten. Die Stufen knarzen, aber nur ganz leise, wenn man weiß, auf welche Stellen man treten muss.

Gert zockt bestimmt und hat Kopfhörer auf, wie immer. Der Spalt unter seiner Tür blinkt in allen Farben. Er hat sich vermutlich einen Sechserpack Bier mit aufs Zimmer genommen, wie immer. Der schwere süßliche Geruch von Hasch schwebt in der Luft. Ich höre seinen ekstatischen Siegesschrei: »Fickt euch, ihr Wichser!« Er wird von meinem Verschwinden nichts mitbekommen.

Emil schläft seinen Rausch aus und meine Mutter heult wieder mal das Kissen nass.

Unten an der Tür schnappe ich mir die Stiefel und einen Mantel, der Emil gehört.

Der rostige Niva steht auf dem Hof, der Schlüssel steckt bestimmt noch im Zündschloss, auch wie immer. Kurzerhand ziehe ich noch eine Mütze auf, schnappe mir Emils Taschenlampe und schleiche mich unbemerkt nach draußen.

6

ZWEI WOCHEN SPÄTER

Das Dorf gleicht einer Sammlung von Menschen, die vergessen haben zu sterben. Vielleicht hat auch eine höhere Macht die Alten dazu verdammt, ihre letzten Tage mit dem Warten auf den Tod hier zu verbringen. Um dieser Eintönigkeit zu entgehen, haben sechs Männer beschlossen, sich an bestimmten Tagen bei Emil im Schlachthaus zu treffen.

Heute ist einer dieser Abende.

Tankred ist einer dieser Männer.

Leider ist heute alles schiefgelaufen, was schiefgehen konnte und der Abend hat sich als desaströs entpuppt. Darum hat sich Tankred kurzerhand entschlossen, die feuchtfröhliche Runde frühzeitig zu verlassen. Sein Kopf dröhnt und er glüht vor Zorn. Am liebsten hätte er alle seine Kumpels auf der Stelle getötet. Aber das ist nur Wunschdenken, wie er weiß.

Alles, was er jetzt braucht, ist frische Luft und etwas Freiraum. Nichtsahnend steht er am Straßenrad und versucht, sich eine Zigarette anzuzünden.

Das heutige Treffen endete, wie so oft in der letzten Zeit, mit einem Streit, weil Ludwig wieder das Thema angeschnitten hatte, bei dem Tankreds Frau und ihr neues Hobby im Mittelpunkt standen. Tankred ist zum Gespött geworden, seit Gisela dem Kirchenchor beigetreten ist. An diesem Interessenswandel ist allein Gisbert schuld, der sich zum Chorleiter aufstellen ließ.

Und dieser verdammte Ludwig musste auch heute dieses Thema anschneiden. Er hat unserer kleinen Männergrunde noch nie gut getan, denkt Tankred und tastet seine Taschen nach dem Feuerzeug ab. Dabei wankt er gefährlich vor und zurück. *Ludwig provoziert gern, das stimmt, und jedes Mal, wenn die Männer so richtig aneinandergeraten, streicht er sich belustigt über die Glatze und zeigt allen seine gelben Zähne, weil er sich daran aufgeilt, wenn andere miteinander streiten.*

Diesmal, genau wie die drei Male zuvor, war Tankred Ziel seiner Attacken.

Ludwig ist siebzig und gehört somit zu den Ältesten dieser Männerrunde. Er ist verwitwet, was Tankred nicht wundert, denn so einem Griesgram sterben nicht nur die Frauen weg. Allerdings hat er eine neue gefunden. Und letztes Jahr sind dem blöden Glatzkopf alle Schweine weggestorben. Aber diese Plage war keinem unerklärlichen Phänomen geschuldet. Tankred hatte dafür gesorgt, dass alle sieben Tiere elendig an vergiftetem Futter verendeten. Das hatte der alte Sack mehr als verdient. Ständig hatte er damit geprahlt, dass seine Schweine das beste Fleisch lieferten.

Leider war Tankreds Plan nicht ganz aufgegangen. Ludwig konnte aus allem Profit schlagen. Kurzerhand hatte er entschieden, die toten Tiere zu Emil zu karren, sie dort zu zerlegen und das Fleisch von vergifteten Schweinen von einem Bioladen aufkaufen zu lassen.

»Jetzt bin ich endlich frei«, hatte sich Ludwig nach dem gelungenen Geschäft gefreut und sogar eine Runde Schnaps ausgegeben. »Nun kann ich mich endlich voll und ganz meiner Hundezucht widmen. Wisst ihr was so ein Rassehund auf dem Markt wert ist? Diese Alabai sind Gold wert. Weißt du, was das für eine Rasse ist, Tankred? Zentralasiatische Schäferhunde. Die beißen dir den Kopf ab, wenn ich es will. Jeder hier weiß, wer meine Schweine getötet hat. Aber keiner von uns kann es beweisen. Nun denn, wenn ich dich das nächste Mal vor meinem Haus herumschleichen sehe, ziehe ich dir das Fell über die Ohren. Also gib lieber auf dich acht, mein verräterischer Freund. Deine liebeshungrige Frau hast du ja schon an einen räudigen Köter verloren.« Alle hatten laut über diese Bemerkung gelacht, so wie heute. So laut hatten sie gelacht, dass Tankred es dort nicht mehr länger aushielt.

»Dieses Arschloch«, sagt Tankred, weil das Gelächter der Männer jetzt noch in ihm nachhallt und in der Seele schmerzt. Als er die glatzköpfige Fratze des alten Ludwig vor seinem inneren Auge auftauchen sieht, knurrt er wütend: »Dir werde ich deine falschen Zähne noch ausschlagen, das schwöre ich dir. Jetzt brauche ich aber eine ganze Schachtel von den Filterlosen. Und deine blöden Köter können deinen Schweinen bald nachfolgen.«

Er schüttelt das Feuerzeug heftig, weil das Gas alle ist. Die Schachtel in seiner Linken ist bis auf zwei Zigaretten leer. Der Zigarettenautomat steht im Halbschatten.

Tankred drückt auf die Taste links oben, aber der Automat verlangt nach einer Kreditkarte für die Bestätigung seiner Volljährigkeit.

»Ich bin ein alter Sack, du Schwachmat«, sagt er, lacht derb auf und haut mit der Faust gegen das Blech. »Die habe ich nicht dabei!«

Nur Bares ist Wahres. Bisher hat er sich immer an diesen Leitspruch gehalten, doch zum ersten Mal in seinem Leben bereut er nun, die Bankkarte nicht eingesteckt zu haben. Zwei Zigaretten würden ihm nicht reichen, um seine wiederaufgeflammte Nikotinsucht zu stillen. Vor Jahren hatte er mit Rauchen und Saufen aufhören wollen, und das war ihm bis auf wenige Ausrutscher auch gelungen. Jetzt holte er die Jahre der Abstinenz nach.

An dieser Misere ist Gisela schuld, sie ganz allein. Selbst heute, an einem Sonntag, ist sie nicht zu Hause. Und sie kocht auch nicht mehr für ihn. Angeblich übt sie fleißig, für den nächsten Auftritt des Chors während des Gottesdienstes. Tankred weiß aber, dass Ludwig recht hat. Gisela geht seit Langem fremd und der Chor ist nur ein Vorwand, um aus dem Haus zu verschwinden. Sie hat sich, seit sie zu diesen Treffen geht, stark verändert; nicht nur ihr ganzes Erscheinungsbild, sondern auch ihr Charakter hat sich komplett gewandelt. Sie hat ihre gesamte Garderobe gegen billige Fummel ausgetauscht und riecht jeden Abend so, als würde sie in einem Parfümladen arbeiten. Und sie geht ihm ständig aus dem Weg. Seit einer Woche schlafen sie nicht nur in getrennten Betten, sondern sogar in getrennten Zimmern.

»Dir werde ich noch zeigen, wer die Hosen anhat«,

brummt er, schlägt abermals mit der Faust gegen die blinkende Anzeige. »Sie ist bestimmt noch nicht zu Hause, diese blöde Kuh. Heute wirst du deine Tür nicht mehr absperren können, das schwöre ich dir.« Die Vorstellung, seiner Frau weh zu tun und sie so richtig zu erniedrigen, engt ihm vor Erregung die Luft ein. »Dann rauche ich eben dieses Zeug«, grummelt er und fingert umständlich in der Schachtel herum.

An der frischen Luft wird ihm zunehmend schwindlig und die Erde unter seinen Füßen ist auf einmal weich wie Watte.

»So eine Scheiße«, murrt Tankred und bemerkt nicht, dass er dabei aus der Dunkelheit beobachtet wird. Die erste Zigarette bricht er in zwei Hälften, weil seine Hände so stark zittern, dass er sie nicht kontrollieren kann. Die zweite landet im Schneematsch. »Diesem Gisbert werde ich bei der nächsten Jagd in den Kopf schießen«, murmelt er vor sich hin. »Wie spät ist es überhaupt?« Er zieht an seinen Hosenträgern und schiebt dann den Ärmel seiner Jacke hoch, um auf seine Armbanduhr zu schauen. Er verengt die Augen zu schmalen Schlitzen, trotzdem bleiben das Ziffernblatt und die Zeiger verschwommen. »Ich habe meine Brille bei Emil vergessen«, stellt er fest, bückt sich nach der Zigarette, die zum Glück ganz geblieben ist, rutscht dabei aus, stolpert über seine eigenen Füße und landet schließlich auf seinem dicken Hintern in einer breiigen Pfütze.

Tankred steht nach mehreren vergeblichen Versuchen fluchend auf, wischt sich Dreck und Schneereste von der Hose, und sucht weiterfluchend am Boden nach dem Feuerzeug und der Zigarette. »Da seid ihr ja.« Mit fahrigen

Bewegungen klaubt er alles auf und richtet sich vorsichtig wieder auf.

Nach mehreren Versuchen, das Feuerzeug anzubekommen, taucht ein winziges Flämmchen vor seinem Gesicht auf. Im kühlen Wind droht das scheue Züngeln zu erlöschen. Schnell hält er schützend die Hand davor und senkt seinen Kopf.

Der Glimmstängel leuchtet mehrmals auf. Den Kopf tief in den Nacken legend, macht er zwei schnelle Züge. »Aaah!« Tankred atmet erleichtert aus und senkt den Blick. Nach einem weiteren Zug steckt er das Feuerzeug zurück in die Tasche, blickt sich um und setzt sich dann in Bewegung.

Der Gehweg wurde nicht geräumt, aber jemand hat Asche über den Schnee gestreut. Der Untergrund ist rutschig und Tankred sturzbesoffen. Deshalb bemerkt er auch den Wagen mit laufendem Motor und ausgeschalteten Scheinwerfern nicht, der sich in die parkenden Autos am Straßenrand eingereiht hat. Das leise Tuckern des Motors wird vom kühlen Wind davongetragen.

Von dem Gedanken getrieben, seiner Frau den Hals umzudrehen, wankt er zurück nach Hause, aber im Suff verliert er, wie schon einige Male zuvor, die Orientierung. Hier am Rand der Siedlung brennt keine Laterne mehr. Tankred bemerkt das fehlende Licht.

Der Untergrund ist glatt: Plattgetretener Schnee wurde vom Regen durchnässt und durch die Kälte der letzten Tage in Eis verwandelt. Diese Konstellation wird Tankreds Mörder das spätere Vorgehen erleichtern. Der wartet geduldig auf den passenden Moment und betrachtet Tankred durch die schmutzige Windschutzscheibe.

Der rechte Fuß drückt das Gaspedal durch.

Mit einem Aufheulen des Motors drehen die Reifen durch, schleudern Dreck und Tauwasser im hohen Bogen davon, dann endlich bekommt der Wagen den nötigen Grip und schießt nach vorn.

Tankred wechselt die Straßenseite, läuft Schlangenlinien, taumelt im falschen Moment und bleibt mit einem Fuß an der Bordsteinkante hängen. Wild mit den Armen rudernd, kämpft er um sein Gleichgewicht. Stark alkoholisiert, wie er ist, verschlimmbessert er die Situation mit dem unkontrollierten Gefuchtel jedoch nur.

Alles weitere geschieht wie in Zeitlupe: Sein Glatzkopf trifft auf das Blech des Wagens. Ein dumpfer Schlag und ein metallisches Kratzen erfüllen die Luft. Rote Tropfen und fleischige Klumpen klatschen gegen die Windschutzscheibe.

Der rechte Fuß des Fahrers verkrampft sich, die Hände reißen am Lenkrad. Der Wagen macht eine Kreisbewegung und bleibt schließlich quer mitten auf der Straße stehen.

In den angrenzenden Häusern brennt Licht, aber bei dieser Witterung ist niemand im Freien.

Der alte Mann liegt reglos da, mit dem Gesicht in einer eiskalten Pfütze, die im Licht der Scheinwerfer einen roten Schimmer bekommt. Der Schädel ist an einer Seite zerschmettert. Eine hässliche Fleischwunde leuchtet rot. Die Arme des Alten sind angewinkelt, die Beine seltsam verdreht. So gleicht der Greis einer kaputten Schaufensterpuppe. Dem linken Fuß fehlt der Schuh.

Galle steigt der Gestalt im Wagen im Hals empor. Die Finger krümmen sich fest um das Lenkrad, sodass die Knöchel weiß hervortreten. Schweiß sammelt sich im Nacken und läuft den Rücken hinunter.

»Es gibt kein Zurück mehr«, flüstern die Lippen. »Du musst von hier verschwinden«, flüstert der Verstand.

»Du hast ihn getötet!«, schreit das Gewissen.

7

IM SCHLACHTRAUM, KURZE ZEIT SPÄTER

Gisela hat mir die Fäden gezogen. Irgendwie fehlt mir jetzt etwas. Nicht der Schmerz an sich, sondern etwas empfinden zu können, was mir allein gehört. Ich schließe und öffne die linke Faust mehrmals und betrachte den Schorf der Wunde, die inzwischen gut verheilt ist. Wenn Gisela recht hat, wird sie bald ganz verschwunden sein und es wird keine große Narbe zurückbleiben.

Manchmal wünsche ich mir, nicht mehr da zu sein. Der Tod wäre vielleicht besser, als *so* zu leben. Aber dann bekomme ich doch kalte Füße, weil ich nicht weiß, was mich *da oben* erwartet.

Vielleicht landest du für das, was du hier auf der Erde getan hast, in so einem Raum wie diesem hier, spricht eine Stimme in mir, die mich schon mehrmals davon abgehalten hat, mir die Pulsadern aufzuschneiden.

Im Schlachtraum ist die Kälte nicht nur spürbar, man kann sie auch sehen. Ich halte kurz die Luft an und lasse sie langsam durch den Mund entweichen. Eine Kondenswolke umhüllt mein Gesicht.

Gert hat hier zusammen mit Emil eine Bache zerlegt. Die Sauerei darf natürlich ich wegmachen und bei dieser Eiseskälte alles mit Wasser abspülen.

»Los jetzt, drück endlich ab. Du bist kein Kleinkind mehr, Pia!«, hallt Emils Stimme in meinem Kopf. Ich bin wieder im Wald, sitze auf einem Hochsitz, das Gewehr fest an die Wange gepresst, das rechte Auge zugekniffen, das linke visiert ein Tier an.

Mein Papa würde mich niemals dazu zwingen ein Tier totzuschießen, überlege ich und fülle einen zweiten Eimer mit Wasser.

›Du wirst mir später dankbar sein, dass ich dich wie meine eigene Tochter aufgenommen und dich sogar meinem leiblichen Sohn vorgezogen habe‹, hat Emil mal zu mir gesagt. *›Hast du ihn auch in den Arsch gefickt?‹*, hätte ich ihn am liebsten gefragt, aber wenn ich das gewagt hätte, hätte er mich bestimmt umgebracht.

Ich vermisse die Schule. Da ich aber dieses Jahr sechzehn Jahre alt geworden bin und meinen Hauptschulabschluss habe, werde ich keine Schule mehr besuchen dürfen. Emil will das nicht. Und weil ich kein Geld verdienen werde, muss ich für mein Essen und meine Kleidung hier im Haus und vor allem im Schlachthaus aushelfen. Meine Mutter und ich sind seine Sklaven, und wenn meine Mama tot ist, wird er mich hierbehalten. Da ich nicht sein leibliches Kind bin, kann er mich später sogar heiraten. Aber frühestens, wenn ich volljährig bin.

Manchmal, wenn Mama nüchtern ist und wir allein im Haus sind, tröstet sie mich und hört meinem

Schweigen zu. Sie streichelt mir die Haare und lauscht meinen Gedanken. Diese wertvollen Momente werden seltener, aber nicht, weil Emil öfter zu Hause bleibt. Der Grund ist ein anderer: Meine Mama trinkt jetzt mehr.

Das Blutzimmer, wie ich diesen Raum nenne, ist zu meinem Zufluchtsort geworden. Hier verbringe ich viele Stunden allein. Ich lasse mir extra viel Zeit zum Putzen. Emil macht es nichts aus, Hauptsache ich wische den Dreck und das Blut ordentlich ab und schrubbe den Boden sauber.

Das Wasser läuft über. Ich bin schon wieder zu tief in meinen Gedanken versunken gewesen. Schnell drehe ich den Wasserhahn zu.

Ein einziges Mal hat meine Mutter meinen Stiefvater zur Rede gestellt, weil ich überall blaue Flecken hatte. Am nächsten Tag blieb sie im Bett liegen, weil sie noch schlimmer zugerichtet aussah als ich nach dieser Nacht. Mehrere Tage lang, wenn sie aufs Klo ging, um Wasser zu lassen, schrie meine Mama, weil sie dabei solche Schmerzen hatte. Knapp zwei Wochen lang benutzte sie zum Fortbewegen einen Stuhl als Gehhilfe. Mit krummem Rücken und schlurfenden Schritten lief sie durchs Haus und ging ihren täglichen Pflichten nach, weil Emil es so wollte. Wenn sie sich gewehrt hätte, wäre sie wahrscheinlich in der Jauchegrube gelandet, aber zuerst hätte Emil sie ausgeweidet und in sämtliche Einzelteile zerlegt. Wir beide, meine Mutter und ich, wussten, dass das keine leere Drohung war.

Meine Hände stecken in gelben dicken Gummihandschuhen, die mir bis zu den Ellenbogen reichen. Ich drücke eine halbe Flasche von dem Spülmittel in beide

Eimer und begebe mich an den Tisch. Die Kälte des Wassers kriecht ungehindert durch die dicke Gummischicht, meine Finger werden klamm. Sofort muss ich an den Schuss und an das tote Reh denken. Ich tauche den Lappen ein, sehe das Tier wieder vor mir, die Finger kalt, der Blick starr, das Herz gefroren.

BOOM!

Ich höre eine Explosion und schrecke zusammen. Der nasse Lappen klatscht auf den Boden.

BOOM!

Ich habe mir dieses Geräusch nicht eingebildet. Jemand drischt gegen die Metalltür und mir bleibt für eine Schrecksekunde die Luft weg.

Die Leuchtstoffröhre flackert.

BOOM!

»Wer ist da?«, frage ich mit zitternder Stimme und schleiche vorsichtig zur Tür.

»Pia, mach auf! Ich bin's, Viktor!«, vernehme ich seine panische Stimme.

»Viktor?«

»Ja, lass mich rein, bitte!«, fleht er mich an.

Hastig drehe ich den Schlüssel um und mache ihm auf. Er steht vor mir und sieht aus, als habe er ein Gespenst gesehen. Sein akkurat frisiertes Haar ist zerzaust. Das Gesicht verzerrt, bleich wie die Wand und mit Blut verschmiert.

»Mein … mein Opa!«, stammelt er. »Er … er liegt …« Hastig blickt er über die Schulter in die Dunkelheit.

»Was ist mit ihm?«

Viktor schluckt und streift sich mit blutigen Fingern das Haar glatt.

»Ich glaube, er ist tot.«

»Was?«

»Komm mit!«

»Nein. Wir müssen die Polizei rufen«, begehre ich auf und schüttle den Kopf.

»Bitte! Vielleicht lebt er noch.«

»Dann müssen wir den Notarzt alarmieren.«

»Das geht nicht. Ich habe keinen Empfang und keiner lässt mich rein. Er liegt auf der Straße, er ...« Viktor beißt sich in die Faust.

Dann lass mich hoch ins Haus gehen und die Notrufnummer wählen, will ich sagen, schweige aber. Dort ist Emil mit seinen Kumpels. Ich möchte ihn nicht auf dumme Gedanken bringen. Er soll saufen und mich in Ruhe lassen.

»Warst du das? Hast du ihn umgefahren?«, wende ich mich stattdessen an Viktor.

Er braucht einen Augenblick, um das Gesagte zu verstehen. Mit vor Angst geweiteten Augen sieht er mich ungläubig an. »Wie kommst du darauf?«

»Du willst nicht, dass ich die Polizei rufe und auch nicht den Notarzt«, entgegne ich ruhig und streife umständlich die Handschuhe ab.

»Er hatte Streit mit Oma. Bevor er zu deinem Vater gegangen ist, hat Oma ihm angedroht ...« Er stockt, sein Adamsapfel hüpft. »Sie sagte, wenn er wieder besoffen nach Hause kommt, wird sie ihn umbringen.«

»Wo ist Gisela jetzt?«

»Keine Ahnung.« Er schüttelt den Kopf und fährt sich mit der linken Hand unter der Nase entlang. »Er sieht so schrecklich aus. Sein Kopf. Da ist ein Loch drin ... Ich glaube, er ist tot. Meine Oma ist nicht da und ihr neuer Wagen auch nicht.«

Ich kann ihn kaum verstehen. Eine durchsichtige Blase bildet sich vor seinen Lippen und zerplatzt geräuschlos. »Wir müssen Opa wegbringen, ihn vielleicht ins Krankenhaus fahren. Wir können behaupten, er sei gestürzt, verstehst du? Ich möchte nicht auch noch meine Oma verlieren. Sie ist alles, was ich noch habe.«

»Und was, wenn er wirklich tot ist? Hast du seinen Puls …«

»Du weißt doch, dass ich kein Blut sehen kann.«

»Wo steht dein Auto?«

»An der Straße. Kommst du mit? Das würde mir wirklich viel bedeuten.« Seine Stimme klingt hoffnungsvoll, der Blick klärt sich. Er legt seine schmalen Hände auf meine Schultern, zieht mich an sich und drückt mich ganz fest an seine Brust. Ich spüre sein Herz rasen und fühle mich zum ersten Mal aufrichtig geliebt und geborgen.

8

AM FUNDORT

»Er ist tot, Viktor.«

Tankred liegt auf dem Rücken. Seine glasigen Augen sind milchig-trüb geworden. Es hat wieder zu schneien angefangen und sein mit Blut verschmierter Bart ist inzwischen von Schneeflocken bedeckt. Der Mund steht leicht offen, Blut schwimmt darin.

»Wie kommst du darauf?« Viktor steht hinter mir.

»Sieh nur, seine Augen«, sage ich tonlos und deute vor mich auf den Boden.

Viktor wagt sich zwei Schritte vor, geht neben mir in die Hocke und leuchtet mit der Lampe seines Handys in Tankreds totes Gesicht. In diesem Augenblick gerät eine große Schneeflocke ins Licht und fällt weiter in einem strudelnden Tanz nach unten. Sie landet in Tankreds linkem Auge. Obwohl ich überzeugt bin, dass Tankred tot ist, warte ich dennoch auf ein Blinzeln, das nicht folgt.

»Hast du ihn angefasst, Viktor?«

»Ja, weil ich zuerst dachte, dass er nur gestürzt ist.«

Irgendwie greift meine Hand wie von selbst nach dem

grauen Bart und hebt den Kopf leicht an. »Mit diesem Loch im Schädel?«

Viktor schweigt.

»Wenn wir die Polizei rufen, werden sie denken, dass du es gewesen bist.«

»Ich war das aber nicht, verdammte Scheiße!«, sagt er aufgebracht.

»Und warum hat dein Wagen eine Delle?« Ich lasse von Tankred ab. Sein Schädel landet schmatzend auf dem nassen Asphalt in der matschigen Blutlache.

»Die war vorher schon da.«

»Und der kaputte Scheinwerfer?«

Wir beide schauen zu seinem Wagen.

»Ich war das nicht. Wirklich. Warum würde ich dich sonst um Hilfe bitten?«, entgegnet Viktor und schaut wieder zu dem Toten. Irgendwie wirkt es, als wolle er seinen Opa um Verzeihung bitten.

»Weil du hier sonst niemanden kennst?«, frage ich und sehe Viktor an.

Im gelben Licht des Scheinwerfers hat die ganze Szenerie etwas Surreales, alles erscheint wie gestellt und erinnert regelrecht an ein Filmset. »Was sollen wir jetzt deiner Meinung nach tun?«

Viktor schweigt.

»Du willst, dass ich dir dabei helfe, ihn wegzuschaffen, stimmt's?«

Langsam bewegt er den Kopf von links nach rechts. »Du glaubst doch nicht etwa, ich würde meinen eigenen Opa absichtlich totfahren? Welchen Grund hätte ich denn dazu?«

Erst jetzt fällt mir auf, dass er trotz der beißenden

Kälte nur ein langärmliges Hemd trägt. Es sieht neu aus. Auf dem weißen Stoff sind noch deutlich Falten zu erkennen, als hätte Viktor es erst vor Kurzem ausgepackt, um sich des anderen Hemdes zu entledigen.

»Was schaust du mich so an, Pia?«

»Frierst du nicht?«, übergehe ich seine Frage.

»Nein«, sagt er kurz angebunden.

»Warum bist du in dieses Scheißkaff gekommen, Viktor?«

Er kratzt sich an den Ellenbogen. »Ich habe nie eine Uni von innen gesehen«, rückt er mit der Wahrheit heraus. »Mein früheres Leben war schrecklich. Nach dem Tod meines Vaters ging alles den Bach runter. Du hast recht, es ist wirklich verdammt kalt. Wir müssen hier verschwinden – und mein Opa auch. Ich hab Angst.«

»Wovor?«

»Dass ich das getan haben könnte.« Seine Stimme wird brüchig und ist kaum noch hörbar. »Manchmal habe ich Lücken.«

»Wie meinst du das?«

»Mein Verstand hat Aussetzer, sodass ich einige Fragmente nicht rekonstruieren kann.«

»Du meinst, du kannst dich nicht an alles erinnern, weil du *stoned* warst.«

Er nickt. »Bitte. Er ist schon tot.«

»Wäre es dir lieber, wenn wir den Leichnam wegbringen? Also, wenn wir ihn ganz verschwinden lassen?«

»Würdest du das für mich tun?«

Der weiße Stoff über seiner linken Armbeuge bekommt winzige rote Punkte.

Ich nicke nur.

Er lächelt, um Verzeihung heischend. »Ich weiß, dass das wahre Freundschaft bedeutet.«

»Wir sind keine Freunde, Viktor.«

»Okay. Falls du wirklich wissen willst, warum ich hierhergekommen bin …« Er legt eine Pause ein. »Ich wollte mein altes Leben hinter mir lassen, einen Neuanfang wagen. Und hier in der Pampa bin ich von allen Lastern abgeschirmt, abgesehen vom Alkohol. Die nächste Stadt ist dreißig Kilometer nordwärts.«

Das Scheinwerferlicht eines vorbeifahrenden Autos schneidet sich durch die Nacht und wird von der verputzen Wand einer Scheune reflektiert.

Wir halten beide den Atem an.

»Ich weiß nicht. Ich möchte keine Mitwisserin bei einem Mord sein.«

»Kein Mord! Wenn, dann war es nur ein Unfall. Bitte. Wenn du mir hilfst, bin ich dir einen Gefallen schuldig. Egal welchen, alles, was du willst.«

Ich schweige.

»Und ich erzähle dir, wie dein Vater ums Leben gekommen ist.«

»Er ist abgehauen«, sage ich.

»Ist er nicht.«

»Du lügst.«

»Nein, tue ich nicht. Ich habe meine Kindheit in diesem Kaff verbracht und meine Oma war eine Anlaufstelle für viele Frauen hier. In einem Dorf bleibt nichts geheim, man sprich nur nicht offen über all die Sachen, die so passieren. Bitte.«

»Bist du immer noch auf Drogen?«

»Bitte, Pia!«

»Na schön«, gebe ich endlich nach. »Du packst ihn unter den Achseln, ich packe ihn an den Füßen. Wo ist der zweite Schuh?« Ich gebe mir einen Ruck und stelle mich so hin, dass ich Tankreds Füße greifen kann.

»Ich habe ihn.« Viktor verschwindet aus dem Lichtkegel und taucht mit einem Schuh wieder auf, den er auf die Brust seines toten Opas legt.

»Und wohin sollen wir ihn ...«

Viktor blickt nach hinten. »In den Kofferraum. Wir sollten uns lieber beeilen.«

Keuchend vor Anstrengung schleppen wir den Toten zum Wagen und wuchten ihn ins Innere des alten Toyota Kombi, in dem Tankred Gartenzeug transportiert. Die Heckklappe geht nicht sofort zu, weil Tankreds verdrehter Fuß im Weg liegt.

Viktor schiebt ihn hinein, deckt seinen toten Opa mit einer schweren Plane zu und versucht es erneut. Diesmal fällt die Klappe mit einem dumpfen Schlag ins Schloss.

»Wir fahren zu mir«, bestimme ich und nehme auf dem Beifahrersitz Platz. *Hoffentlich spült der Schneeregen die Spuren weg*, denke ich und versuche mich zu entspannen.

Viktor würgt in der Hast den Wagen mehrmals ab, bevor der Motor laut aufheult und das Auto sich endlich ruckelnd in Bewegung setzt.

9

AUF DEM HOF

»Bleib du im Auto sitzen, ich schaue nach dem Rechten. Und mach das Licht aus!«, sage ich zu Viktor und steige aus.

Der Wind frischt auf. Winzige Eiskristalle vermischt mit kalten Regentropfen prasseln mir ins Gesicht.

Das Kinn an die Brust gezogen, überquere ich den Hof und schlüpfe hurtig durch die Tür in den Schlachtraum, jedoch nicht schnell genug, um zu verhindern, dass kalte Luft hineinweht. Der Wind reißt mir beinahe die Tür aus den Händen.

Drinnen ist es dunkel, kühl und leer. Die Luft riecht nach abgestandenem Blut, Innereien und Spülmittel. Mein Herz wummert wie verrückt, meine Hände zittern vor Kälte und wegen des Adrenalins. Ich verweile einen Augenblick und lausche in die Stille hinein, erst dann traue ich mich, das Licht anzuschalten. Die Leuchtstoffröhre knackt. Das Licht flackert wie ein sterbender Leuchtkäfer und blinkt noch eine Weile, bevor es in ein stetes Weiß übergeht und der ohnehin schon unheimlichen Atmosphäre noch mehr Unheilvolles verleiht.

Die zwei Eimer sind noch voll, der Schaum des Spülmittels hat sich aufgelöst.

Auf Zehenspitzen schleiche ich mich an die Tür, die ins Haus führt, presse das Ohr daran und horche. Nichts. Emil und seine Saufkumpane sind nicht da, und meine Mutter schläft bestimmt ihren täglichen Rausch aus, während Gert in seinem Zimmer zockt.

Um ganz sicher zu sein, von niemandem überrascht zu werden, drehe ich den Schlüssel, der in der Tür steckt, zweimal um und stehle mich wieder nach draußen. Viktor sitzt im Auto. Die Stirn ans Lenkrad gedrückt, wartet er auf mich. Oder ist er eingeschlafen? Ich klopfe gegen die von innen teils beschlagene Scheibe. Viktor erwacht aus seinem Delirium und schaut mit glasigem Blick in meine Richtung. Ich mache die Tür auf.

»Komm jetzt«, flüstere ich.

»Meinst du, es ist eine gute Idee, hierherzukommen?«, fragt er mich mit belegter Stimme und macht keine Anstalten auszusteigen.

»Hast du eine bessere?«, presse ich zwischen klappernden Zähnen hervor.

»Wir können ihn doch einfach irgendwo im Wald ablegen.«

»Erstens ist es stockdunkel. Zweitens ist es kalt, nass und matschig da draußen. Drittens bleibt deine Karre bestimmt irgendwo am Waldrand stecken. Und zu guter Letzt muss die Leiche ganz verschwinden, weil wir sonst beide am Arsch sind. Also komm jetzt endlich!« Grob packe ich ihn am Kragen und ziehe daran.

»Warte, ich bin noch angeschnallt«, wehrt er sich und fummelt am Gurtverschluss. »Warte doch«, sagt er wieder, als ich mich an seiner Hand festklammere. Dann steigt er endlich aus. »Ich fühle mich so mies.«

»Komm jetzt, für Sentimentalitäten wirst du noch dein ganzes Leben lang Zeit haben.«

Die Leiche aus dem rückwärtigen Teil des Kombis zu holen, gestaltet sich komplizierter als gedacht. Tankred ist zwar klein, aber fett und darum ungeheuer schwer, und Viktor wird von Minute zu Minute schwächer.

»Sag mal, was ist los mit dir? Du bist mir nicht gerade eine große Hilfe«, sage ich.

Jetzt erst springt die Außenbeleuchtung an.

Trotz der Kälte schwitzt Viktor. Sein Haar klebt in feuchten Strähnen an seiner kalkweißen Stirn.

»Ich habe einen Affen, aber das legt sich wieder. Ich dachte, ich hätte alle Entzugserscheinungen hinter mir. Der kalte Entzug wirkt am besten. Glaub mir, ich will es diesmal wirklich schaffen.« Seine rot geränderten Augen glänzen.

»Und das Blut an deinem Ärmel?«

»Ich hab mir was in die Vene pumpen wollen, habe es dann aber sein lassen.«

»Ich glaube ja, du tischst mir irgendeinen kranken Junkiescheiß auf«, sage ich und vermute, dass er sich die Pulsadern aufschneiden wollte.

»Nee, tu ich nicht.«

»Viktor, du darfst jetzt nicht schlappmachen! Hörst du?«

Er lächelt dümmlich.

»Warte kurz.« Eine Idee ploppt in meinem Kopf auf,

auf die ich schon längst hätte kommen sollen. »Die Schubkarre«, sage ich und schleiche mich zur Scheune. Etwas besser gelaunt komme ich mit dem quietschenden Teil zurück, bei dem der rechte Griff gefährlich wackelt und der Reifen längst platt ist.

»Komm, wir laden ihn da drauf und karren ihn in den Schlachtraum.« Die Worte Opa oder Tankred meide ich bewusst.

»Okay.« Tatsächlich bekommen wir den Toten nicht nur aus dem Wagen, sondern auch in die Schubkarre. Mit vereinten Kräften gelingt es uns, Tankred auszuziehen und ihn auf den stabilen Tisch im Schlachtraum zu wuchten.

»Und jetzt?« Viktor atmet schwer. Sein weißes Hemd bildet einen unheimlichen Kontrast zum Schmutz und Blut, die daran kleben.

»Wieso hast du dich eigentlich so spät in der Nacht fein angezogen?«

»Weil ich mich übergeben habe.«

»Du hast gekotzt?«

Er nickt.

»Und dennoch ist es keine Antwort auf meine Frage.«

»Ich wollte mir in der Stadt Stoff besorgen und wollte dort nicht wie ein Penner auftauchen. Mitten auf dem Weg dorthin bekam ich einen Krampfanfall und mir wurde schlecht. Ich bin aus dem Auto gestiegen, aber zu spät, sodass ich mich vollgereihert habe. Also bin ich wieder nach Hause gefahren, hab mich umgezogen und wollte zurück in die Stadt. An mehr kann ich mich nicht erinnern. Und nun weiß ich nicht, ob ich meinen Opa totgefahren habe. Wie gesagt, ich habe manchmal Blackouts.«

»Los jetzt, an die Arbeit. Hier«, sage ich und händige ihm zwei von Gerts Gummihandschuhen aus.

»Ich helfe dir aus der Misere, und du hast versprochen, mir zu erzählen, was mit meinem Vater geschehen ist.«

»Aber erst, wenn das hier erledigt ist. Was hast du eigentlich vor?«

»Wir verwursten ihn. Zumindest seine Weichteile. Den Rest werfen wir weg, aber das Fleisch und das Fett werden wir hiermit zerkleinern.« Ich deute auf den großen, von mir frisch gesäuberten Fleischwolf.

»Das Fleisch und das Fett?«, wiederholt Viktor mit ungläubiger Miene.

»Jepp. Und sein Gemächt.« Ich schließe die andere Tür ebenfalls ab und nehme dann zwei Messer aus einer Schublade. Eines drücke ich in Viktors schlaffe Hand. »Du bist doch Rechtshänder?«

»Ja«, flüstert er.

»Komm, ich bringe dir bei, wie man die Sehnen durchtrennt, ohne dabei die Gelenke zu verletzten. Das Ausbeinen ist eine Knochenarbeit und erfordert Kraft, Konzentration und sehr viel Geschick.«

»Ich weiß nicht, ob ich das kann!« In seiner Kehle steigt ein feuchtes Gurgeln empor. Seine Wangen blähen sich auf. Er stößt auf, schluckt aber alles, was ihm den Hals emporgestiegen ist, wieder runter. »Bitte, Pia, das ...«

»Geht eigentlich ganz einfach«, falle ich ihm ins Wort. »Entweder du packst mit an oder ich rufe die Polizei und ...«

»Okay. Ich helfe dir«, sagt er eilig.

»Falls es dir mit diesem Wissen leichter fällt: Dein Opa hat mich vergewaltigt, genau hier, auf diesem Tisch.«

»Mich auch. Also nicht auf diesem Tisch.«

Kurz schnürt es mir die Luft ab. Ungläubig blicke ich ihm entgegen.

»Ich war sechs Jahre alt«, sagt Viktor noch, beißt sich dann auf die Unterlippe und schaut zu Boden. Es dauert einen Augenblick, bis er wieder in meine Richtung sieht. »Ich war noch ein Kind.« Seine Stimme bebt. »Ich war ein kleiner unschuldiger Junge, der seinen Vater verloren und seine Mutter nie gesehen hatte. Er hat mich missbraucht und von mir verlangt, es niemandem zu sagen. Fünf Jahre lang ging das alles. Aber mit der Zeit wurden die Übergriffe heftiger. Schließlich teilte er mich sogar mit seinen Kumpels. Er hat mich zu dem gemacht, was ich heute bin.« Seine rechte Hand schließt sich fest um den Griff des Messers und fährt in die Höhe. Spucke fliegt aus seinem Mund. Die scharfe Klinge bohrt sich durch die Bauchdecke und fährt wieder in einem Bogen in die Luft. Er sticht immer weiter auf den Toten ein.

Ich lasse ihn gewähren. Irgendwie glaube ich, dass das alles nicht real ist. So vergehen mehrere Minuten, bis er endlich aufhört.

»Viktor.« Ich gehe neben ihm in die Hocke.

Er sitzt auf dem Boden, die Beine an die Brust gedrückt, das Messer nicht mehr so fest umklammert, und weint.

»Viktor, wir sollten weitermachen.«

Er wischt sich eine letzte Träne weg, rappelt sich hoch

und sagt mit geklärter Stimme: »Sag mir einfach, wo ich anpacken soll.«

10

IM SCHLACHTRAUM

Erschöpft, aber zufrieden lehne ich mich zum Verschnaufen gegen den Tisch. Der Raum ist sauber. Die Messer und den Fleischwolf haben wir gereinigt, den Boden geschrubbt. Sogar Viktors Wagen haben wir mit Laugenwasser abgespült. Um den Kofferraum wird er sich selbst kümmern, hat Viktor mir versichert, bevor er nach Hause gefahren ist.

Es ist schon spät in der Nacht und meine Hände schmerzen vor Anstrengung. Ich muss mich noch ums Essen kümmern. Tankreds Fett und sein Fleisch vermische ich mit dem restlichen Hackfleisch, das in blechernen Behältern aufbewahrt wird, zu einem Brei. Sein gekuttertes Gemächt bewahre ich in einer Extraschüssel auf – für Emil. Ich vermenge es mit zerkleinerten Zwiebeln, forme daraus ein Fleischklößchen und gehe dann in die Küche, wo es nach guter Hausmannskost riecht. Ich lege es in die Soße, die meine Mutter für morgen vorbereitet hat. In dieser einen Frikadelle, die für Emil bestimmt ist, steckt ein Zahnstocher.

Trotz des Wissens, heute Abend einen Menschen wie ein Stück Vieh zerlegt zu haben, bekomme ich Hunger. Mein Magen knurrt, aber der Gedanke ans Essen widert mich an und ich werde die nächsten Tage garantiert keinen Bissen runterbekommen.

»Was machen wir mit seinem Schädel?« Viktors Stimme hallt in meinem Kopf nach.

»Wir sägen ihn ab und zertrümmern den Knochen mit diesem Hammer. Die Zähne nimmst du mit und wirfst sie in den Gully«, hatte ich gesagt und ihm den Hammer gegeben. Er tat, was ich von ihm verlangt hatte und nahm die Zähne mit.

Ich versuche das Geschehene zu vergessen und schaue durch das Fenster hinaus auf den Hof. Alles ist still, kein Laut ist zu hören. Meine Mutter und Emil schlafen bestimmt längst. Gert dagegen ist irgendwo unterwegs. Vorhin stand sein Wagen auf dem Hof. Ich beschließe, es Emil und meiner Mutter gleichzutun, denn müde wie ich bin, kann ich mich kaum mehr auf den Beinen halten.

Gerade, als ich mich abwenden möchte, vernehme ich ein Motorengeräusch. Lichter tauchen in der Dunkelheit auf. Ich halte inne, reibe mir verwundert die Augen. Es sind zwei Autos, die in die Hofeinfahrt einbiegen. Den Niva erkenne ich an den zusätzlichen Scheinwerfern. Das zweite ist Emils alte Karre, ein Jeep. Erst jetzt fällt mir auf, dass sie vorhin, als ich Viktor verabschiedete, nicht auf dem Hof standen.

Beide Fahrzeuge bleiben stehen.

Emil springt als Erster aus dem Auto und stampft auf Gert zu, der sich nicht so recht aus dem Jeep traut. Er fuchtelt wild mit den Fäusten in der Luft herum. Der Bewegungsmelder sorgt dafür, dass der Hof jäh in grelles Licht getaucht wird.

Ich will wissen, was Emil so in Rage versetzt hat. Vorsichtig öffne ich das Fenster. Zuerst kann ich nur einzelne Wortfetzen verstehen, aber dann schreit Emil so laut, dass ich alles mithören kann.

»Es kann doch nicht sein, dass er einfach weg ist! Wo genau hast du ihn über den Haufen gefahren? Du verdammter Idiot! Und warum hast du mir nicht früher davon erzählt?« Emils Faust kracht auf die Motorhaube des Geländewagens.

Gert zuckt zusammen.

»Er ist mir vor den Wagen gesprungen. Ich glaube, er war besoffen«, verteidigt sich Gert, der das Seitenfenster heruntergelassen hat. »Und ich konnte dir nicht früher davon erzählen, ohne dass es jeder mitbekommen hätte.«

»Steig aus und bei mir ein! Wir fahren noch mal hin und sehen uns um. So besoffen, wie du bist, hättest du gar nicht fahren dürfen!«

Ich denke mir, dass dasselbe auch für Emil gilt, dessen Aussprache ebenfalls vom Alkohol beeinträchtigt ist. Fakt ist aber auch, dass es in diesem Ort ohnehin niemanden interessiert, wenn man betrunken durch die Gegend fährt.

»Ich wollte doch nur mal schnell die Fallen prüfen, wie jeden Abend. Und dann ist das passiert!«, lallt Gert, während er auf den Beifahrersitz rutscht.

Emil stampft zurück zum Niva, macht die Scheinwerfer aus und brummt vor sich hin: »Was an ›Steig aus und bei mir ein‹ hat der Idiot nicht verstanden?« Er knallt die Tür vom Niva zu, geht wieder zum Jeep, setzt sich hinters Steuer und brüllt Gert dabei an: »Ich fahre und du konzentrierst dich gefälligst und zeigst mir diesmal die richtige Stelle!«

Der Splitt knirscht unter den Reifen des großen Autos, als Emil rückwärts vom Hof fährt.

Die Müdigkeit ist schlagartig von mir gewichen. Ich fühle mich wieder hellwach, ziehe mir schnell eine Jacke über, schlüpfe in die Stiefel meines Stiefbruders, eile nach draußen und laufe zum Niva.

Der Motor spring sofort an. Die Scheibenwischer holpern über die feuchte Scheibe. Es schneit nicht mehr, stattdessen klatschen große Regentropfen auf das Blech. Es hört sich an, als würde eine ganze Armee von Ratten über das Autodach marschieren.

Ohne das Licht einzuschalten, folge ich den roten Rückleuchten des Jeeps.

11

AUF DER STRASSE

Sie fahren in die falsche Richtung, stelle ich nach der nächsten Abzweigung fest.

Meine Gedanken rasen. Tankred ist tatsächlich tot und seine Leiche verschwunden, und während ich mich für sein Verschwinden verantwortlich zeige, glaubt Viktor, für sein Ableben gesorgt zu haben. Doch wen hat Gert überfahren? Hoffentlich wird Viktor den Mund halten, statt sofort zu seiner Oma zu rennen, um ihr reinen Wein einzuschenken. Aber so dicht wie er inzwischen sein dürfte, wird er sich morgen ohnehin nicht mehr an jedes Detail erinnern. Dann fällt mir ein, dass ich vergessen habe, Viktor noch mal danach zu fragen, was er über den Tod meines Vaters weiß. Wir waren so mit der Beseitigung sämtlicher Spuren beschäftigt, dass das vollkommen in den Hintergrund gerückt ist.

In Gedanken versunken, fahre ich beinahe zu dicht auf. Zum Glück sind Emil und Gert viel zu betrunken und so sehr damit beschäftigt, den Straßenrand abzusuchen, dass sie keine Zeit haben, in den Rückspiegel zu schauen.

Ich drossle die Geschwindigkeit und vergrößere den Abstand.

Der Jeep bleibt vor einer Gabelung stehen und ich tue es ihm gleich. Die Bremsen meines Wagens quietschen verräterisch und instinktiv tauche ich unter dem Lenkrad unter. Hoffentlich haben sie mich nicht bemerkt, denn die Bremslichter leuchten in der Dunkelheit kurz rot auf. Ich nehme den Fuß vom Bremspedal und traue mich kaum, durch die Windschutzscheibe zu schauen, wage es aber schließlich doch. Dann, nach einer gefühlten Ewigkeit, biegt der Jeep links ab.

Wir bewegen uns zum westlichen Ortsrand, wo die Felder in den dichten Wald übergehen und sich mein Versteck befindet. Eine Jagdhütte, die früher Ludwig gehörte, dann aber in Tankreds Besitz überging. Das scheue Aufflammen einer nie dagewesenen Euphorie steigt in mir auf, weil ich die Hütte ab heute ganz für mich allein haben werde. Dort kann ich mein weiteres Vorgehen planen. Und irgendwann, sobald alles, was ich mir vorgenommen habe, erledigt ist, werde ich diesen beschissenen Ort verlassen. Selbst ohne Geld und passablen Schulabschluss werde ich irgendwo Fuß fassen können. Ich weiß, dass die Metzgereien allerorts händeringend nach Mitarbeitern suchen. Ich habe keine richtige Ausbildung genossen, kenne aber die gängigen Arbeitsabläufe in einer Metzgerei und kann gut anpacken. Noch mehr rührt die Euphorie allerdings daher, dass Tankred mich nie wieder belästigen, nie wieder mit seinen schmierigen Händen anfassen wird. Einer weniger auf meiner Liste der Männer, die es nicht verdient haben, zu leben.

Meine Gedanken kehren wieder zu meinem Vater zurück. Bisweilen hatte ich gedacht, mein Vater hätte uns kurz nach meiner Geburt verlassen, weil er mich nicht haben wollte. Mit der Zeit kamen andere Gerüchte hinzu. Diese verunstalteten das Vaterbild, welches sich in meinem kindlichen Kopf manifestiert hatte. Irgendwann hatte ich überhaupt keine Vorstellung mehr davon, wer mein Vater wirklich war. Es gibt auch keine Fotos von ihm. Aber ich kann mir nicht vorstellen, dass er ein ebensolches Monster war wie Emil und seine Freunde.

Die Bremslichter des Jeeps blenden mich. Der große Wagen bleibt auf dem unbefestigten Bankett stehen.

Ich halte ebenfalls an und warte ab, was nun passiert.

Emil steigt aus, umrundet den Geländewagen und leuchtet mit einer Taschenlampe in den Wald.

Gert folgt ihm nach kurzem Zögern.

Ich kurble das Fenster runter und lausche.

»Wo? Wo, verdammt noch mal, soll er sein?«, schreit Emil.

Gert streckt den Arm aus und deutet zum Wald.

»Bist du dir da ganz sicher?«, brüllt Emil.

Der Wind bringt den Niva zum Wackeln und die mächtigen Kronen der Fichten am Straßenrand wiegen sich ächzend in der Dunkelheit. Der Mond ist deutlich zu sehen. Er spendet silbriges Licht.

Die Komplexität der Wirklichkeit ist für mich oft unbegreiflich. Früher habe ich mir die Welt wie in einem Bilderbuch vorgestellt. Nach und nach verschwanden die bunten Bilder, die Konturen wurden schärfer und die Naivität wich einem Gefühl des Verlorenseins, so als würde ich nicht hierhergehören.

»Lass uns von hier verschwinden. Wir kommen einfach morgen früh zurück und schauen nach, was du da von der Straße gefegt hast«, brüllt Emil und schlägt seinem Sohn mit der linken Hand auf den Hinterkopf.

Von der Wucht des unerwarteten Schlags überrascht, macht Gert zwei große, unkoordinierte Schritte nach vorn, wedelt mit den Armen und landet auf der Nase.

Ich nutze die Zeit des Tumults, um mich unbemerkt aus dem Staub zu machen. Nachdem ich gewendet habe, fahre ich zurück nach Hause, wo ich den Niva wieder mitten auf dem Hof abstelle, zurück ins Haus eile und im Bett verschwinde.

12

IN PIAS ZIMMER

Etwas klackert gegen die Fensterscheibe und holt mich aus meinem unruhigen Schlaf. Ich brauche einen Moment, um zu realisieren, dass ich wach bin. Mein Kopf ist wie mit Watte gefüllt und die verstörenden Bilder des hässlichen Traumes wollen nicht weichen. Ich schüttele den Kopf. Die Traumfetzen lösen sich allmählich auf und ich versuche, mich auf das Geräusch zu konzentrieren.

Habe ich mir das etwa nur eingebildet? Nein, da ist es wieder!

Meine linke Hand schließt sich fest um den Griff des Stiletts, das unter meinem Kopfkissen liegt. Obwohl mein Blick noch trüb ist, kann ich in dem grauen Licht der Morgendämmerung die Umrisse der Möbel in meinem Zimmer sehen, die mit jedem Atemzug deutlicher werden. Ich lasse den Blick durch den Raum schweifen, bis er die Tür erreicht. Sie ist geschlossen und der Stuhl, den ich unter die Klinke geschoben habe, um mich vor unerwünschten nächtlichen Besuchern zu schützen, steht noch an Ort und Stelle.

Da war es wieder, das Geräusch. Irgendjemand wirft Kieselsteine gegen die Scheibe. *Emil ist es ganz bestimmt nicht, ebenso wenig Gert. Vielleicht Viktor?*

Das Dachfenster lässt sich nur schwer öffnen und noch schwerer wieder schließen, weil der Mechanismus defekt ist. Ich ziehe am Griff, warte auf das vertraute Knirschen und Knacken, erst dann ziehe ich es noch ein Stück auf, bis der Schlitz groß genug ist, sodass ich meinen Kopf hindurchschieben und nach unten schauen kann.

Wie ich vermutet habe, steht dort Viktor und winkt mir zu. Er macht einen ziemlich aufgeweckten Eindruck, was wahrscheinlich an den Nachwirkungen des gestriges Trips liegt.

»Spinnst du?«, fauche ich ihn an.

Er formt die Hände zu einem Sprachrohr und ruft: »Ich war das nicht.«

»Mach, dass du hier verschwindest! Wenn Emil ...«

»Ich habe meinen Großvater nicht überfahren!« Er strahlt über beide Ohren.

»Aber zerstückelt hast du ihn wohl.«

Seine gute Laune weicht einer Erkenntnis, die sein Gesicht zu einer Maske werden lässt. »Du musst immer alles kaputtmachen.«

»Du musst endlich anfangen, den Tatsachen ins Auge zu blicken, Viktor! Sieh zu, dass du dich vom Acker machst! Und wieso bist du dir jetzt, in dieser Herrgottsfrühe, auf einmal so sicher?«

»Warte, ich klettere rauf in dein Zimmer. Wie früher.«

»Wie früher?«

»Ja, als dein Bruder noch klar im Kopf war. Das war früher sein Zimmer.« Er verschwindet aus meinem Blickfeld.

»Viktor, nicht! So ein Wichser!«, fluche ich und ziehe das Fenster mühsam noch weiter auf. Die Dachziegel sind nicht nur nass und mit Schnee bedeckt, sie sind auch noch morsch und mit jeder Menge Moos überwuchert. Trotzdem klettere ich hinaus und wage mich bis hinunter zur Dachrinne. Zum Glück ist das Dach auf dieser Seite nicht so steil. Ein Blick nach unten verrät mir, dass Viktor an dem Fallrohr steht und nach etwas sucht, woran er sich festhalten und hochziehen kann.

»Wage es ja nicht, Viktor! Die Ranken hat Emil alle wegmachen lassen, weil sich dort Vögel und anderes Ungeziefer eingenistet hatten.« Der eigentliche Grund war aber, dass Emil verhindern wollte, dass ich nachts abhaue.

Viktor legt den Kopf tief in den Nacken. »Kommst du runter?«

»Nein. Du hast Drogen genommen.«

»Ich … ich … das war nicht viel«, sagt er dann. »Ich war zu aufgebracht. Komm schon, lass uns ein bisschen quatschen. Wir brauchen eine plausible Erklärung und ein Alibi. Falls Fragen auftauchen, müssen wir füreinander da sein und überzeugend lügen können.«

»Ich rede mit dir, wenn du nicht mehr drauf bist.«

»Ach, komm schon!« Er gibt nicht auf.

»Wir treffen uns später. Und jetzt geh heim und schlaf deinen Rausch aus!«

»Wie du meinst.« Er dreht sich um und geht endlich weg.

Hastig und total durchfroren klettere ich zurück in mein Zimmer.

Hinter der Wand vernehme ich Emils Brummen. Er schnarcht unglaublich laut.

Ich schlüpfe zurück in mein Bett und ziehe mir die Decke über die Ohren, damit ich ihn nicht mehr hören muss.

13

MITTAGESSEN

Unter der Pfanne mit der dicken Soße und den Fleischklößen darin, züngeln bläulich schimmernde Flammen. Die frisch von mir gestampften Kartoffeln sind zwar noch heiß und auch der Rest des Essens ist bald fertig, dennoch schiebe ich den Topf in den Backofen und stelle ihn warm. Dann sorge ich dafür, dass das Bier und der Korn gekühlt werden und nicht länger auf der Anrichte stehen, wo meine Mutter, die mal wieder Migräne hat und sich hinlegen musste, die Flaschen vergessen hat.

Die Tür unten geht auf. Emil und Gert sind da. Ich höre ihre Schritte.

»Wir sind wieder zu Hause!«, kündigt Emil gewohnt laut sein Kommen an, so als würde sich hier irgendjemand darüber freuen. Dabei haben wir nicht mal einen Hund, der ihm Wiedersehensfreude vorheucheln könnte.

Der Tisch glänzt feucht, weil ich die Fläche mit einem zu nassen Lappen saubergewischt habe. Das dunkle Holz saugt aber die Feuchtigkeit schnell auf, so dass ich keinen Ärger von Emil zu erwarten habe.

Das Stampfen von Füßen kommt immer näher.

»Was gibt es zu essen? Wenn du mich mit einer kalten Platte abspeisen willst, werde ich …« Er stockt und schnüffelt wie ein Jagdhund. »Du hast doch nicht etwa Frikadellen gemacht?«

»In dicker Soße und mit Stampfkartoffeln«, entgegne ich in gespielt freundlichem Ton. »Setzt euch! Das Bier und der Korn …«

»Was geht hier vor?« Emil wirkt misstrauisch. »Kaum sind meine Kumpels aus dem Haus, zauberst du mir ein Traumessen?«

»Ich habe mächtigen Kohldampf«, meldet sich Gert und schiebt sich ins Licht der schweren Tischleuchte. »Und jetzt schon einen mächtigen Kater.«

»Was stehst du so blöd da? Die Männer haben Hunger«, knurrt Emil mich daraufhin an. Seine gute Laune ist wieder dahin. Mich mit seinen eisgrauen Augen taxierend, nimmt er an der Kopfseite des Tisches Platz.

Ich spiele das Spiel weiter, stelle die Bierflaschen auf den Tisch, den Korn mit zwei Gläsern daneben und hole den Topf mit den Kartoffeln aus dem Backofen.

»Wo ist deine Mutter?«, will Emil wissen, während er nur für sich das Glas mit dem Korn füllt. »Sie hätte den Boden wischen sollen, der Putzeimer steht im Flur. Bin fast drüber gestolpert. Ich hasse es, wenn sie sich so gehen lässt.« Er kippt den Schnaps in sich hinein und füllt das Glas wieder bis zum Rand.

»Du hast dir keinen Schnaps verdient«, knurrt er seinen Sohn an, als der ebenfalls nach der Flasche greifen will. Schließlich reißt er ihm sogar die Bierflasche aus den Händen, und Gert macht keine Anstalten, seinem Vater zu widersprechen. Er schaut der noch ungeöffneten Flasche nur sehnsüchtig hinterher und fügt sich dann seinem Schicksal.

Emil öffnet sein Bier mit dem breiten Goldring, den er am Finger trägt und schlürft genüsslich den emporsteigenden Schaum vom Flaschenhals, bevor er einen großen Schluck nimmt und einen tiefen Rülpser von sich gibt. »Jetzt beweg endlich deinen Arsch, Mädel! Ich verhungere!«

Schnell klatsche ich drei große Löffel von dem Brei auf seinen Teller, lege drei Fleischklöße an den Rand und ertränke alles in der dicken Soße, die nach Rotwein riecht. Fast hätte ich den Zahnstocher vergessen. Schnell ziehe ich ihn aus der Spezialfrikadelle. Ich stecke den Zahnstocher in meine Hosentasche und wische dann den mit Soße bekleckerten Tellerrand mit dem Küchentuch ab.

Emil reibt sich die Hände und verfolgt meine Bewegungen mit gierigen Blicken, dabei leckt er sich immer wieder über die Lippen.

»Mhm«, knurrt Emil voller Vorfreude. »Wie köstlich es doch duftet, wenn man richtig Hunger hat.«

»Vorsicht, kann noch ziemlich heiß sein«, warne ich ihn und unterdrücke beim Anblick der Klöße ein leises Würgen.

»Stell schon hin!«, sagt Emil ungeduldig, streicht sich den Bart glatt, schnappt sich eine Gabel und spießt, sobald ich den Teller abgestellt habe, sogleich einen der Klöße auf.

»Ist das überhaupt Wild? Auf jeden Fall ist es

verdammt gut gewürzt«, freut sich Emil schmatzend. »Habe ich einen Kohldampf!«

Ich wende mich ab und laufe zurück zum Herd, um auch Gert einen Teller vollzumachen.

»Mann, ist das Fleisch zart! Schmeckt zwar nicht wie sonst, aber ...« Emil stopft sich abermals den Mund voll, nuschelt etwas Unverständliches, spült alles mit dem Bier hinunter und schaufelt weiter.

Gert steht seinem Vater in nichts nach; irgendwie hat er es geschafft, seine Flasche zurückzubekommen. Gemeinsam schlagen sie sich die Bäuche mit Tankreds altem Fleisch voll. Währenddessen räume ich die Küche vollends auf und wünsche den beiden eine gute Nacht.

»Wohin des Weges und wer räumt die Teller weg?« Emil dreht sich in meine Richtung und pult dabei mit dem Daumennagel zwischen den Vorderzähnen herum. In seinem Bart hängen Essensreste.

»Ich bin müde vom Putzen. Nach eurem Saufgelage hatte ich alle Hände voll zu tun, und davor musste ich den Schlachtraum putzen. Ich habe heute Nacht kaum geschlafen und bin todmüde.« Ich drehe mich um, nehme ein Geschirrtuch, schnappe mir die Pfanne mit den Klößen, stelle sie auf den Tisch und sage: »Lasst einfach alles so stehen, ich kümmere mich später darum. In der Pfanne ist noch Nachschlag. Und auf dem Herd steht noch Kartoffelpüree.«

»Kartoffelpüree«, äfft mich Emil nach und wedelt mit der Gabel in der Luft. »Wie vornehm.«

Er lacht und leckt sich über die Zähne. Für einen Moment glaube ich, dass Emil mehr von mir will, als in der Küche bedient zu werden.

Emil betrachtet seinen schmutzigen Daumen, verengt die Augen zu Schlitzen, gibt ein schmatzendes Geräusch von sich und fährt mit der Zunge an der Innenseite seiner Oberlippe entlang.

»Von wem hast du das Rezept?«, fragt er und sein Ton klingt auf einmal nicht mehr ganz so aggressiv. Auch sein Blick wirkt weniger fordernd.

Gert wittert eine weitere Chance, weil auch ihm die sanftere Tonlage seines Vaters nicht entgangen ist. Er schnappt sich die Schnapsflasche. Schnell füllt er beide Gläser bis zum Rand und schiebt eines in Emils Richtung. »Vater, lass uns bitte darauf anstoßen, dass wir beide, du und ich, einander immer zur Seite stehen. Egal, was kommt.« Seine Wangen werden rosig der Blick huscht zwischen Emil, dem Glas und mir hin und her.

»Ich glaube, dir ist das Bier zu Kopf gestiegen, Junge. Lass den Quatsch mit diesen inhaltslosen Sprüchen. Du kannst gehen, Mädchen. Mach ein Mittagsschläfchen! Vielleicht sehe ich später nach, ob du auch wirklich schlafen gegangen bist. Der Niva verliert in letzter Zeit mehr Sprit als sonst und ich vermute, dass jemand mein Auto ausleiht, ohne mich zu fragen. Das kann Konsequenzen nach sich ziehen, stimmt's, Gert?«

Emil kippt sich den Schnaps in den Rachen und holt tief durch die Nase Luft, dann gabelt er die nächste Frikadelle auf. »Deine Mutter kann sich eine dicke Scheibe von deinen Kochkünsten abschneiden. Du kannst wirklich verdammt gut kochen.«

»Stimmt«, sagt Gert und leert, seinem Vater gleich, den Inhalt in einem Zug.

Ich will mich gerade abwenden und die Küche verlassen, als Emil hinterherschickt: »Irgendwie bist du mir heute zu zahm.« Er betrachtet mich von oben bis unten. »Komm her!« Mit der Gabel in der Hand auffordernd wedelnd, winkt er mich zu sich. Nach kurzem Zögern stelle ich mich an seine Seite. Er zwickt mich in den Po.

»Schenk mir ein!«

Ich folge seiner Anweisung.

»Was hältst du von diesem Viktor?«, fragt er dann. Emil schaut zu mir hoch, nimmt die Hand von mir, greift stattdessen zum Glas und wartet auf die Antwort.

»Er ist zu zart besaitet«, sage ich.

Emil grunzt vergnügt. »Das ist mein Mädchen!«, ruft er laut und trinkt den nächsten Schnaps. »Geh, leg dich hin! Und du, schau mich nicht so blöde an! Mit dir habe ich noch ein Hühnchen zu rupfen.«

Schnell laufe ich hoch in mein Zimmer und schließe die Tür zweimal ab. Falls Emil sich entscheiden sollte, zu mir hochzukommen und sich in mein Bett zu legen, wird ihn die verschlossene Tür nicht von seinem Vorhaben abhalten, da er einen Universalschlüssel besitzt. Also schiebe ich den Stuhl wieder unter die Klinke und blockiere sie so.

Angezogen wie ich bin und ohne die Tagesdecke abzuziehen lege ich mich auf mein Bett. Mein Mund verzieht sich zu einem Grinsen. Dann breche ich in schallendes Gelächter aus, das ich mit meinem Kopfkissen ersticke, weil ich unablässig daran denken muss, dass Emil dort unten vielleicht gerade Tankreds Schwanz im Mund hat ...

14

LUDWIGS ZWINGER

Ludwig Braun gähnt ausgiebig, kratzt sich im Schritt, späht durch die Tür auf den Hof und schüttelt sich.

»Scheißkälte«, mault er wie jeden Morgen, zieht sich Gummistiefel über, streicht sich mit der rauen Hand über die Glatze, schnappt sich seine dicke Jacke und stampft hinaus.

Nachdem seine Frau an Krebs gestorben ist, wohnt er endlich allein, bleibt bis spät in die Nacht wach und schläft selten mehrere Stunden am Stück durch.

Sobald er die Haustür öffnet, regen sich seine Hunde und werfen sich mit ihren riesigen Körpern gegen den Maschendrahtzaun, den er letzte Woche mit Eisenstäben stützen musste.

Es ist neblig.

Seine Hunde vergötterten ihn und das erfüllt ihn mit Stolz. Aber dieser Stolz hat seinen Preis. Diese Tiere sind nicht nur riesig, sie fressen ihm auch die nicht vorhandenen Haare vom Kopf. Über diesen Witz muss er schmunzeln.

»Ich komme!«, ruft er seinen Biestern zu und stampft über den matschigen Hof, weil er die Knochensteine vor zwei Wochen rausnehmen ließ. Das war ein riesiger Fehler, wie er bereits mehrmals feststellen musste. Er hätte zuerst die neuen bestellen sollen, denn aufgrund einer Lieferverzögerung sieht sein Hof jetzt aus, als hätte eine Bombe eingeschlagen. Überall sind Schlaglöcher, die mit schmutzigem, teils gefrorenem Wasser gefüllt sind. Der Käufer nahm die alten Knochensteine natürlich sofort mit. Auf ein Gespräch darüber, die Steine mit einem akzeptablen Preisaufschlag zurück an Ludwig zu verkaufen, ließ er sich gar nicht erst ein.

»Nee«, hatte der Mann gesagt, bevor er auf seinen Trecker stieg und mit der Ladung davonfuhr. Darum bleiben Ludwigs Stiefel nun bei jedem Schritt im Matsch stecken.

»So eine Scheiße«, flucht er vor sich hin und steckt sich seine erste Zigarette des Tages an.

Die Hunde werden lauter.

»Was ist los mit euch?«, wundert er sich und bläst den blauen Dunst in die Morgenkühle.

Statt sich zu beruhigen, bellen die Tiere noch aufgebrachter.

Ludwig blickt sich um. Die drei Rüden laufen durch den Zwinger, die Hündin verbeißt sich in das Drahtgeflecht und fletscht die Zähne.

Ludwig begreift nichts mehr und geht in den Stall. Dort nimmt er die schwere Brechstange und kehrt damit zurück zu seinen Schützlingen. »Wenn ihr keine Ruhe …« Er hält mitten im Satz inne, die Kippe klebt an seiner Unterlippe. Ludwig dreht sich im Kreis und hinterlässt mit der Brechstange, mit der er gewöhnlich die Hunde züchtigt, eine schartige Furche im schlammigen Boden. Er zittert. Dann hört er ein Motorengeräusch gefolgt von einem kurzen Hupen.

Erleichtert atmet er aus und begibt sich zum Tor.

»Was zum Geier?«

Vor seiner Hofeinfahrt bleibt der grüne Niva stehen.

Ludwig runzelt die Stirn und versucht sich zu erinnern, ob er gestern etwas mit Emil ausgemacht hat.

Emil steigt aus dem Wagen. »Hast du meinen Sohn gesehen?«

»Was?«, wundert sich Ludwig und reibt sich mit dem Ende der Brechstange das Kinn.

»Gert ist weg, dabei wollten wir heute nach den Fallen schauen.« Emil wirkt aufgebracht.

»Bist ziemlich grau geworden«, zieht Ludwig sein Gegenüber auf.

»Sagt der Mann mit der Glatze«, kontert Emil und kratzt sich den Bart. »Was machst du mit dem Ding? Deine Hunde verdreschen?«, will er dann wissen und zeigt auf die Brechstange.

»Das geht dich einen feuchten Kehricht an. Hast du Tankred gesehen?«

»Wieso?«

»Die Hunde sind unruhig und dem Drecksack traue ich nicht mehr über den Weg, nachdem er meine Schweine vergiftet hat.«

»Ob er es war, weißt du nicht.«

»Wieso nimmst du ihn ständig in Schutz?«

Emil ignoriert die Frage und streckt seine Hand aus. »Hast du auch eine Kippe für mich?«

Ludwig greift nach seinem Glimmstängel und reicht die halb gerauchte Zigarette durch die Stäbe des Tores, das den Hof von der Straße trennt.

»Alter Geizkragen«, murmelt Emil, nimmt sie aber entgegen und macht einen tiefen Zug auf Lunge. »Wieso fragst du mich wegen Tankred aus?« Emil schaut sich die Glut an und macht einen zweiten Zug.

»Er war gestern ziemlich sauer auf mich, weil ich ihn wegen seiner Alten durch den Kakao gezogen habe. Und jetzt springen meine Hunde im Pentagramm durch das Gehege. Er hat meine Säue vergiftet, der alte Drecksack, schon vergessen?«

»Wart ihr früher nicht beste Freunde? Du warst sogar sein Trauzeuge.« Emil bläst den Rauch durch die Nase und wirft den Stummel vor die Füße, wo die Glut zischend in der Pfütze ausgeht und er den Filter mit der Schuhspitze zerdrückt.

»Das war mal so. Hätte er sich nicht an meine Frau rangemacht.«

»Ich habe eine ganz andere Geschichte gehört. Man behauptet, du warst derjenige, der sich an *seine* Frau rangemacht hat.«

»Sind bloß Gerüchte. Wenn der Kerl bei mir aufkreuzen sollte, wird er seine Zähne mit zertrümmerten Fingern aus dem Dreck pulen.« Um seinen Worten mehr Ausdruck zu verleihen, schlägt er mit der Brechstange fest gegen das Tor.

»Jetzt beruhige dich doch mal! Ich bin schließlich nicht derjenige, der deine Schweine auf dem Gewissen hat. Ich bin aus einem anderen Grund hier. Willst du noch was aus der Blutgrube?«

Ludwigs finstere Miene erhellt sich. Denn immer, wenn es etwas umsonst gibt, nimmt er es gern an. »Wieso?«, fragt er dennoch und sieht zum Wagen.

»Seit deine Schweine weg sind, habe ich zu viel von dem Zeug. Aufs Feld kann ich es nicht fahren, weil der Boden gefroren ist. Die Grube läuft allmählich über. Willst du es jetzt haben oder nicht?«

»Wie viel hast du dabei?«

»Drei Eimer voll. Eigentlich vier.«

»Ich will aber nicht, dass meine Hunde an den Scheißknochen ersticken.«

»Das sind Raubtiere. Hast schließlich selbst damit angegeben, dass sie ein Wolfsrudel zu dritt in Stücke reißen können. Oder?«

»Ja«, knickt Ludwig ein. »Sind es nur Knochen und Gedärme?«

»Auch Schwänze und Hufe.«

»Und das gibst du mir einfach so?« Er hebt seine buschigen Brauen.

»Was ist los mit dir, Ludwig? An die Schweine haben wir das Zeug auch verfüttert.«

»Und dann sind alle verreckt. Vielleicht steckst du auch hinter alledem.«

Emil verschränkt die Arme vor der Brust. »Dich lasse ich nicht mehr an Pia ran, du blöder Wichser.« Er dreht Ludwig den Rücken zu, umrundet seinen alten Geländewagen, macht die Heckklappe auf und holt einen Eimer gefüllt mit dickem Blut und Innereien heraus.

»Nimm das, du Arschloch!«, sagt er und schüttet den gesamten Inhalt vor dem Tor aus.

Das glibberige Blut schießt in Ludwigs Richtung und besprenkelt dessen Gesicht.

»Bist du komplett durchgeknallt?«, schreit Ludwig und schlägt mit der Stange nach Emil, verfehlt ihn aber um mehr als eine Armlänge.

»Wehe, du kreuzt noch mal bei mir auf, Ludwig!«, sagt Emil. Er spuckt den Satz wie Gift aus und leert gleich darauf den zweiten Eimer aus. Auch der Inhalt aus dem dritten platscht laut in die blutige Lache. Der nackte Schädel eines Rehs rollt unter dem Tor hindurch und bleibt dampfend vor Ludwigs Füßen liegen.

»Du hast doch den Verstand verloren! Wie kann man nur so ein verdammtes Arschloch sein?«, ereifert sich Ludwig und schlägt unaufhörlich mit der Stange gegen das Gittertor. »Verpiss dich von hier, sonst rufe ich die Bullen!«

»Was ist da bloß für ein Krach?«, fragt Ludwigs neue Frau mit krächzender Stimme.

»Pia ist für dich Geschichte!« Emil zeigt mit blutverschmiertem Finger in Ludwigs Richtung und stellt einen vollen Eimer vor dem Tor ab. »Den bringst du mir noch heute zurück! Und ich brauche Kraftfutter für die Rehe.«

»Hast du nicht gesagt, ich soll nicht mehr bei dir auftauchen?«

»Ja, in der Schänke sollst du dich nicht mehr blicken lassen! Aber Futter brauche ich. Davon musst du ja noch jede Menge übrig haben, da du keine Schweine mehr hast. *Ich* habe übrigens dabei geholfen, die Viecher loszuwerden«, brüllt er, dann wirft er die anderen drei leeren Eimer ins Heck seines Autos, drischt die Heckklappe zu, steigt ein und fährt davon.

So hat Ludwig Emil noch nie erlebt. »Wieso suchst du nicht nach deinem Sohn, dem Taugenichts?«, ruft er dem Wagen hinterher, dessen Bremslichter im trüben Weiß ein letztes Mal rot aufleuchten, bevor er vollständig vom Nebel verschluckt wird.

»Dann sollen die Viecher eben raus, das Zeug sieht noch gut aus«, sagt er schniefend und stochert prüfend mit der Brechstange in der blutigen Masse herum. »Die Biester sind ja dazu geschaffen, Knochen zu zermalmen.«

Humpelnd begibt er sich zurück zum Zwinger. Den Schatten, der sich wie ein Geist aus dem nebeligen Dunst herausschält, bemerkt er nicht. Ludwig spricht mit sich selbst und macht sich an dem schweren Schloss zu schaffen, in dem der Schlüssel stecken bleibt. Er lässt sich nicht drehen. Mit glühend roten Wangen übt Ludwig noch mehr Druck aus, sodass sich der schmale Bart schließlich verbiegt.

»So ein Mist!«, schreit er seinen Unmut heraus und schlägt mit der flachen Hand gegen den schweren Rahmen der Tür. Die Hunde werden noch lauter, trauen sich aber nicht, ihn anzuspringen. Mit Schlägen und speziellen Würgetechniken hat er die Tiere abgerichtet und ihnen somit so viel Respekt beigebracht, dass sie das niemals wagen würden.

Der größte des Viererrudels verbeißt sich in den Nacken der Hündin. Sie winselt, zieht sofort den Schwanz ein und legt sich auf den Rücken. Der mächtige Rüde lässt von ihr ab. Dann fletscht er die Zähne und schaut in Ludwigs Richtung.

»Wenn du dich weiterhin so benimmst, bekommst du heute nichts zu fressen«, sagt Ludwig mit zittriger Stimme.

Keiner der Hunde hat einen Namen. Schließlich sind es nur Tiere, keine Menschen.

Ludwig hört ein leises metallisches Klicken.

Die Ohren des Rüden stellen sich senkrecht auf. Er leckt sich die schwarzen, vom Geifer glänzenden Lefzen. Weiße Speichelfäden hängen nach unten und ziehen dünne Fäden. In der mächtigen Brust des Tieres entsteht ein tiefes Brummen und entlädt sich zu einem einzelnen, ohrenbetäubenden Bellen.

Ludwig bemerkt plötzlich einen schemenhaften Schatten und verharrt für einen Augenblick.

Der Bügel des Schlosses löst sich.

Der mächtige Rüde steht mit weit gespreizten Vorderbeinen sprungbereit da. Sein ganzer Körper bebt vor Anspannung und die scharfen weißen Zähne klappern aufeinander.

Wie in Zeitlupe zieht Ludwig den Bügel des Schlosses aus den selbstgeschweißten Ösen und lässt das schwere Teil achtlos zu Boden fallen. Er kniet sich vor das Gatter des Zwingers. Bei den Hunden hat er die Knochenpflastersteine nicht rausnehmen lassen. Die Tiere sollen ja Geld einbringen und das Fell muss sauberbleiben. Der große Rüde springt auf die Hinterpfoten und wirft sich gegen den Maschendrahtzaun. Erst jetzt wird Ludwig klar, wie groß seine Schützlinge tatsächlich geworden sind.

Etwas Kaltes berührt seinen Nacken.

Der Hund wirft sich erneut gegen den Zaun.

Ludwig nutzt diesen Augenblick, indem er das Gatter aufreißt, sich in Sicherheit bringt und sich zu den Hunden gesellt. Seine Lunge brennt. Mit beiden Händen drückt er die Tür schnell wieder zu. Die Finger krallen sich in das

Drahtgeflecht. Erst jetzt traut er sich aufzuschauen und seinen ungebetenen Gast anzusehen.

Zu seinem Entsetzen wird er von einem Schwall dunklen Blutes geblendet.

Der Unbekannte hebt das Schloss auf und manövriert den Bügel durch die beiden Ösen.

Ludwig schmeckt das geleeartige Blut auf seiner Zunge. Es schmeckt bitter und säuerlich. Die Erkenntnis, dass er sich selbst in die Falle begeben hat, trifft ihn wie ein Schlag auf den Hinterkopf.

Grob wischt er sich die Brühe aus den Augen und versucht erfolglos, die Reste wegzublinzeln. Dennoch sieht er seinen Peiniger nur wie einen verschwommenen Schatten, der sich hinter einem roten Schleier versteckt hält.

»Was willst du von mir, Emil?«, schreit er und schnappt nach Luft, weil ihm die Angst wie eine Schlinge den Hals zuschnürt. Das schwache Herz beginnt zu stolpern und schmerzt auf einmal schrecklich.

Der Schatten hüllt sich in Schweigen und steht einfach nur da.

»Bleib weg von mir, du Hund«, brüllt Ludwig jetzt den Rüden an, der sich geräuschlos an ihn herangeschlichen hat, um seinem Herrchen hastig die Wange abzulecken. Die raue Zunge ist warm und gierig.

»Verpiss dich!« Mit einer fahrigen Bewegung schlägt Ludwig nach dem mächtigen Kopf des Tieres.

Flink weicht der Rüde dem laschen Angriff aus und fletscht wieder die Zähne.

»So ist recht«, freut sich Ludwig und wischt sich das Gesicht an seinem Hemd ab. »Lasst mich einfach in Ruhe.

Du auch, Emil. Verpiss dich aus meinem Leben! Du und deine scheiß Pia, diese Hure. Ich habe keinen Bock mehr auf euch. Und erst recht nicht auf ihre Muschi.«

Der Schatten hebt die Brechstange vom Boden auf, schiebt das schmale Ende durch den Zaun und stößt damit gegen Ludwigs rechte Schulter.

Der präzise gesetzte Stoß bringt den alten Mann aus dem Gleichgewicht. Bisher hat er seinen Körper noch auf Knien ausbalanciert, nun liegt er auf dem Rücken wie ein hilfloser Käfer. Die Kälte fährt ihm bis ins Mark.

Etwas Warmes tropft auf sein Gesicht. Der Geifer des Rüden klatscht Ludwig auf den Handrücken, als er schützend sein Gesicht bedeckt.

Die Brechstange schiebt sich weiter vor und trifft den Hund am Rücken.

»Verpiss dich!« Ludwig schlägt blindlings um sich und trifft dabei die empfindliche Nase des Tieres.

»Lass mich in Ruhe!«, schreit er und wähnt sich immer noch in Sicherheit, als sich völlig unerwartet ein heißer Schmerz in sein Handgelenk bohrt. Ludwig schlägt mit der freien Hand nach dem Tier, aber diese Art provokativer Aggression treibt den Rüden nur noch weiter an.

Knochen brechen, Sehnen reißen, frisches Blut ergießt sich über Ludwigs Brust.

»Hau ab, du Mistvieh!«, kreischt der Greis wie von Sinnen. »Lass mi...«, das letzte Wort geht in ein gurgelndes Röcheln über.

Ludwigs Beine schlagen unkontrolliert aus, der Körper zuck konvulsiv, aber seine Tiere haben die Situation in Griff und werden zum ersten Mal die Herren der Lage.

15

AUF DEM WEG ZUR HÜTTE

Die Hände in die Taschen meiner marshmallowartigen Winterjacke gesteckt, beschließe ich kurzerhand, bei Viktor vorbeizuschauen, bevor ich meinen Weg zur Hütte fortsetze.

Ich habe nicht damit gerechnet, dass der Nebel so dicht sein könnte und mir somit das Vorwärtskommen im Wald wegen der schlechten Sicht zusätzlich erschwert werden würde. Außerdem fürchte ich mich ein bisschen vor den Waldgeistern, auch wenn ich weiß, dass es die im richtigen Leben gar nicht gibt. Wer sich aber schon mal in der Dunkelheit verlaufen hat weiß, dass diese Wesen – zumindest im Kopf – sehr wohl existieren. Darum habe ich mir vorgenommen, noch etwas Zeit verstreichen zu lassen.

Ich habe irgendwo gelesen, dass unsere Gesellschaft, so weit geht, alles Unerklärliche ins Lächerliche zieht, damit diese Phänomene erst gar nicht erklärt werden müssen. Und jeder, der es dennoch versucht, wird leichtfertig als Spinner abgetan. So verlieren die meisten schnell das Interesse daran, die unerklärlichen Phänomene mit stichhaltigen Argumenten zu untermauern, weil keiner bei diesem Versuch als Schwurbler dastehen und in die Idioten-Ecke abgeschoben werden will. Wir leben in einer Schubladengesellschaft. Alles, was nicht ins Bild hineinpasst, wird geflissentlich aus dem gesellschaftlichen Leben aussortiert und als Sondermüll deklariert.

In Gedanken versunken, wäre ich beinahe an Viktors Haus vorbeigelaufen, wäre ich nicht auf etwas getreten, was ganz offenbar nicht auf die Straße gehört.

»So ein Idiot«, entfährt es mir. Ich gehe in die Hocke und schüttle den Kopf. Dieser Trottel hat tatsächlich die Zähne seines Großvaters in den Abflussschacht direkt vor der Garageneinfahrt geworfen. Einer davon liegt auf dem Gehweg. *Viktor, du bist so ein Depp,* fluche ich in mich hinein und schaue durch die Schlitze in den Abfluss. Einige der Zähne liegen noch immer da, weil der Gully verstopft und randvoll mit Straßendreck ist.

Den aufgesammelten Zahn wickle ich in ein Taschentuch und stecke ihn gedankenverloren in meine Tasche.

Der rote SUV steht nicht in der Garage. Das weiß ich, weil das Tor offen ist und der klapprige Toyota quer in der Einfahrt geparkt steht. *Von wegen: »Ich bin nicht mehr drauf«,* erinnere ich mich daran, dass er behauptet hat, einen klaren Kopf zu haben.

Nachdem ich mich vergewissert habe, dass ich von niemandem beobachtet werde, klingle ich bei Familie Müller, in der Erwartung, von Viktor hineingelassen zu werden. Aber die löst sich nach dem drölften Versuch in einem einzigen Wort auf: *Fuck*!

Beim Weggehen bemerke ich aus dem Augenwinkel einen grünen Gartenschlauch.

Im Winter?, schießt es mir durch den Kopf. Viktor, dieser Trottel, muss den Wagen nochmals gewaschen haben, weil die Scheiben und der rostige Lack von einer dünnen Eisschicht bedeckt sind, wie auch die Pflastersteine in unmittelbarer Nähe. Er hat in seinem Rausch tatsächlich vergessen, dass wir den Wagen bereits gereinigt hatten und hat wohl erneut versucht, das Blut abzuwaschen.

Ich schaue in der Garage nach, ob ich ein passendes Werkzeug finden kann und freue mich, weil dort tatsächlich in einer Ecke Nordic-Walking-Stöcke stehen. Damit könnte es gehen. Ich greife außerdem nach dem Gartenschlauch. In der einen Hand den Schlauch, in der anderen einen der Stöcke, lege ich den Abstand von der Garage zum Gully mit wenigen Schritten zurück. Das Wasser im Schlauch ist leider gefroren, wie ich feststellen muss, als ich ihn aufdrehe. *Mist!* Das spitze Ende des Nordic-Walking-Stocks passt allerdings durch das Gitter. Darum stochere ich mit dem Stock im Straßendreck, bis die Zähne entweder im Gulli verschwunden oder zumindest vollends von dem aufgewühlten Dreck bedeckt sind.

Ohne den Schlauch aufzuzurollen, von der Arbeit und der Aufregung gewärmt, schleudere ich den Stock Richtung Garage, treffe tatsächlich das offen stehende Tor und setze meinen Weg zur Hütte weiter fort.

16

IM WALD

Edward friert. Mit dem Rücken gegen den Baum gelehnt, konsultiert er erneut sein Handy. Er hat kaum Akku und immer noch keinen Empfang.

Vermutlich hat er sich beim Aufprall das Becken gebrochen oder zumindest geprellt. Er hat starke Schmerzen und seine Mobilität ist stark eingeschränkt. Zudem kommt es ihm vor, als wäre eines seiner Beine plötzlich länger als das andere. Irgendetwas muss es ordentlich verschoben haben.

Zum Glück hat er den gut ausgestatteten Wanderrucksack und den Schlafsack dabei, den er vor dem Aufbruch seiner kurzen Tour zuerst nicht mitnehmen wollte, weil er nie vorgehabt hatte, draußen zu übernachten. Womöglich hat er genau diesem schicksalhaften Impuls, die Ausrüstung trotzdem mitzuschleppen, sein Leben und das weitere Leiden zu verdanken. Eine Nacht hat er schon durchgestanden. In einem Film käme nun ein Pilzsammler oder ein Hundebesitzer vorbei, würde auf ihn aufmerksam werden und ihn retten. Wahrscheinlicher war jedoch, dass man ihn irgendwann tot und von Maden zerfressen auffinden würde.

Und was mache ich, wenn mich die Männer finden, die in der Gegend rumgeballert haben, nachdem sie vergeblich nach mir suchten?

Der Kloß in seinem Hals schwillt wieder an.

Ich wollte doch nur eine Tour machen. Meinen Kopf frei bekommen. Ich bin doch nur ein Student, der eine Pause gebraucht hat. Schließlich habe ich mich erst vor Kurzem von Natalie getrennt, weil ich sie dabei erwischt habe, wie sie einen anderen geküsst hat.

Edward weint wieder. Der Stoff des Schlafsacks raschelt, als er sich bemüht, eine bequemere Position zu finden. Irgendwo knackt es im Unterholz. Krähen und andere Vögel steigen laut mit den Flügeln schlagend in die Luft empor. Der Himmel ist grau, die nackten Baumkronen bieten kaum Schutz.

Zum Glück hat sich Edward, als er noch mit Adrenalin vollgepumpt war, unter einer mächtigen Fichte versteckt, wo der Regen sich im dichten Geäst verloren hat.

Das Rascheln wird lauter.

Die schwarzen Vögel kreisen in der Luft und stoßen warnende Rufe aus.

Edward versucht, den grellorangenen Stoff seines Schlafsacks mit dem, wonach er als Erstes greifen kann, zu verdecken. Es sind zwei trockene Äste und eine Handvoll morscher Zweige. Er kommt sich albern vor bei dem, was er da tut, aber in der Not frisst der Teufel Fliegen. Also verteilt er noch mehr von dem Zeug auf seinem Schlafsack.

Wenn mich keiner findet, werde ich sterben. Aber falls mich diese Männer finden, blüht mir wahrscheinlich dasselbe. Vielleicht hat mein Leiden so ein schnelleres Ende. Wie es sich wohl anfühlen wird, von einer Kugel getroffen zu werden? Ob es sehr schmerzt? Oder ist man so schnell tot, dass das Gehirn den Schmerz gar nicht mehr verarbeiten kann? Kommt vermutlich drauf an, wo einen die Kugel trifft.

Bei dem Gedanken, durch einen Gnadenschuss aus seiner Lage befreit zu werden, will er erst erleichtert aufatmen. Aber dann schleicht sich ein anderer Gedanke in seinen Kopf. *Was, wenn sie sich dazu entscheiden, dich noch länger leiden zu lassen? Wie in* Saw, *diesem verdammten Horrorfilm?*

Das brennende Stechen in seiner Hüfte paralysiert ihn.

»O Gott!« Er stößt einen leisen Schrei voller Pein aus und kippt auf die Seite.

Die Schritte des sich heranpirschenden Menschen werden von dem lauten Tosen des Blutes in Edwards Ohren übertönt. Alles um ihn herum scheint sich in Bewegung zu setzen. Der Boden unter seinen Füßen wird weich, dann tut sich ein Schlund vor seinen Augen auf, in den er unaufhaltsam fällt.

»Nein!«, keucht er noch, bevor ihn eine unbarmherzige Schwärze umfängt.

17

IN DER HÜTTE

In der kleinen Hütte ist es dunkel, draußen heult der Wind und die Tür klappert. Ich schiebe den Riegel vor und hole tief Luft. Noch immer außer Atem lehne ich mich mit dem Rücken gegen die Wand und lasse mich langsam nach unten gleiten.

Mein Rücken schmerzt, das Shirt und der Pulli kleben nass an meiner Haut. Die Jacke habe ich ausgezogen und damit den Mann zugedeckt, den ich auf dem Weg hierher unter einer Tanne liegend fand. Er ist nicht tot. Ich höre ihn leise atmen, aber er ist nicht bei Bewusstsein. Das hat er auf der kurzen Strecke verloren, die ich ihn in seinem Schlafsack wie auf einem behelfsmäßigen Schlitten hinter mir herschleifen musste. Ich weiß nicht, warum er nicht wieder zu sich kommt. Sein Zustand ist erbärmlich. Seine Finger sind an den Kuppen beinahe schwarz gefroren, die rauen Lippen blau angelaufen, genauso wie die Nasenspitze und das kantige Kinn.

Ich muss Feuer machen, sporne ich mich zum Aufstehen an, nur fehlt mir dazu nicht nur die Energie, sondern auch die Puste. Mein Atem geht stoßweise. Ich bin nicht gerade zierlich gebaut und an schwere körperliche Arbeit gewöhnt, dennoch war es ein Kraftakt, diesen Kerl hierherzuschleppen. Er ist in etwa so groß wie ich und der Weg zur Hütte ist übersät mit Sträuchern und Geäst und mit einer dicken Schneeschicht bedeckt.

»Der Kerl stirbt mir sonst noch weg«, sage ich zu mir selbst. Ich stehe auf, schnappe mir die leere Trinkflasche, die ich in seinem Rucksack gefunden habe und öffne die Tür. Als mir diese beinahe vom Wind aus der Hand gerissen wird, taumle ich nach draußen, um die Flasche mit Schnee vollzustopfen. Kurz darauf haste ich zurück ins Innere der Hütte.

»Jetzt machen wir es uns hier ein bisschen warm und gemütlich«, sage ich, weil mich die Stille zu erdrücken droht. »Hättest du nicht geschrien und wäre dein Schlafsack nicht so grell, dass man beim Hinsehen eine Sonnenbrille braucht, wärst du wahrscheinlich schon längst erfroren«, rede ich mit dem Typen, so als könne er mich hören.

Die Holzscheite, die ich zuvor mühsam hereingeschleppt habe, liegen vor dem Kamin. An einigen haftet noch eine dicke Schneekruste. Das macht nichts, weiß ich und zerhacke eines der Scheite, denn wenn das Feuer erst richtig brennt, verzehrt es sie trotzdem.

Das gesplitterte Anzündholz aus den trockensten Zweigen, die ich finden konnte, schichte ich zu einem Haufen, wie Emil mir das beigebracht hat. Des Öfteren hat er mich früher hierhergeschleppt, um zu jagen oder um mich hier ungestört über mich herzufallen, auf der Pritsche, auf der jetzt der Scheintote liegt. Aber jetzt vergewaltigt er mich einfach zu Hause, wenn ihm danach ist, weil er keine Angst mehr von meiner Mutter haben muss. Er hat ihren Willen gebrochen und mit Alkohol gefügig gemacht.

Die Hütte gehörte ursprünglich Ludwig, aber sie stand jahrelang leer, weil er nicht mehr auf die Jagd ging, da er zuerst mit seinen Schweinen und später mit der Hundezucht beschäftigt war. Irgendwann hat Tankred ihm die Hütte abgekauft oder ihm zumindest ein Kaufangebot gemacht. Die beiden stritten diesbezüglich aufs Heftigste, weil kein unterschriebener Kaufvertrag existiert. Diesen Deal hatten sie lediglich mit einem Handschlag besiegelt. Ich war dabei, als sie einander sturzbetrunken die Hände reichten und auf die Freundschaft sowie den Verkauf tranken. Am nächsten Tag wusste außer mir niemand so recht, was im Suff beschlossen wurde, und ich habe mich stets aus diesem Streit herausgehalten.

Ich brauche noch mehr Zündholz, stelle ich fest und schnappe mir ein zweites Scheit. Es knackt laut, als ich es spalten möchte. Die Axt bleibt stecken. Ein langer Holzsplitter bohrt sich in meine Hand, zum Glück nicht allzu tief.

Ich knurre zornig, wende die Axt und schlage mit der Rückseite gegen den steinernen Boden. Von der Wucht getrieben gleitet die Schneide vollends durch das Holz und lässt das Scheit zerspringen. Zufrieden sammle ich alles auf und lege die restlichen dünnen Holzstäbe auch in den Ofen.

Nachdem ich eine Handvoll Anzünder unter die knorrigen Stäbe geschoben und sie mit einem Sturmfeuerzeug angezündet habe, warte ich darauf, dass das Holz Feuer fängt. Das Feuerzeug glänzt silbern und hat sogar eine Gravur. Das teure Ding, das ich auch im Rucksack gefunden habe, muss für den Fremden von besonderer Bedeutung sein, weil es in einem Beutel aus schwarzem Samt steckte. Er passte auf, die glänzende Oberfläche nicht zu zerkratzen.

Das Feuer leckt an dem Holz und erwacht zum Leben. Die davon ausgehende Wärme ist sofort spürbar: Meine Wangen und die Stirn werden heiß und die Hände fangen an zu kribbeln.

Nach ein paar Minuten lege ich zwei große Scheite nach, lasse den Ofen auf Durchzug und schaue nach meinem Patienten, der wider Willen von einem schmerzhaften Schicksal überrumpelt wurde. Bestimmt hat er sich seine Wanderung anders, spannender und vor allem weniger dramatisch vorgestellt.

Ich frage mich, ob er tatsächlich nur ein gewöhnlicher Wanderer ist – oder aber ein Serienkiller auf der Durchreise.

Hat Gert ihn über den Haufen gefahren? Sprachen Emil und er deswegen so aufgeregt miteinander? Schon möglich.

Die Richtung stimmte auch ungefähr. Wäre Gert nicht so sturzbesoffen gewesen, hätte er sich eventuell an mehr Details erinnern können.

Wieso hat der Typ nicht die Polizei gerufen?, frage ich mich und muss schief grinsen, weil ich sein Handy gecheckt habe. Der Akku ist fast leer und der Empfang, wie überall hier, nicht vorhanden. »Willkommen in Waldhausendorf, lieber Fremder«, scherze ich, stehe auf und fühle mit der Rückseite meiner Finger seine Stirn. Er glüht regelrecht. Plötzlich öffnet er leicht den Mund.

»Hast du was gesagt?« Mir wird bange, dennoch senke ich den Kopf und halte mein Ohr an seine Lippen.

Er schmatzt leise.

»Durst.«

Hat er tatsächlich *Durst* gesagt?

Ich richte mich auf, suche den Raum nach der Flasche ab und schnappe mir diese. Ein wenig von dem Schnee ist bereits geschmolzen. Vorsichtig hebe ich den Kopf des Mannes an und halte ihm die Öffnung an die Lippen. Ganz langsam neige ich die Flasche, sodass ihm das kalte Wasser in den Mund rinnt. Tatsächlich macht er einige winzige Schlucke. Seine Augenlider flattern.

»Noch ein bisschen, du schaffst es«, flüstere ich ihm Mut zu.

Statt weiter zu trinken, verschluckt sich der Typ und fängt an zu husten.

Hastig stelle ich die Flasche ab und bette seinen Kopf sachte auf die Pritsche.

»Wo bin ich?«, krächzt er mit rauer Stimme. Sein Blick ist fiebrig.

»Du bist in Sicherheit«, sage ich und mühe mir ein Lächeln ab.

»Was ist passiert?« Er versucht sich aufzurichten, gibt sein Vorhaben aber mit einem schmerzverzerrten Schrei sofort wieder auf. Schweiß bildet sich auf seiner Stirn und das Gesicht wird noch blasser.

»Wie heißt du?«, will ich wissen.

»Edward«, presst er seinen Namen zwischen zusammengebissenen Zähnen hervor. Er ist den Tränen nahe. »Ich wurde angefahren. Warst du das?« Er dreht den Kopf in meine Richtung.

»Würde ich dich dann hier vor dem sicheren Tod verstecken?«, erwidere ich und bin leicht eingeschnappt.

»Keine Ahnung, vielleicht siehst du nur so unschuldig aus, dabei ...« Sein Gesicht wird wieder zu einer schmerzverzerrten Grimasse.

»Ich bin keine Mörderin.«

»Wie alt bist du denn überhaupt?«

»Sechzehn«, rutscht es mir über die Lippen.

Edwards Augen werden groß. »Also bist du nicht allein hier? Wie heißt du?«

»Pia, und ich kann sehr wohl auf mich selbst aufpassen, Edward!« Ich könnte mir auf die Zunge beißen, weil ich mich wie ein kleines Mädchen benehme und vermutlich auch so klinge.

»Hat dein Vater mich umgefahren?«

»Ich habe keinen Vater.«

»Ich habe Durst.«

Erneut greife ich nach der Flasche und helfe Edward dabei, daraus zu trinken.

»Ich hole noch mehr Schnee«, sage ich und stehe auf.

»Mir wäre es lieber, wenn du jemanden holst oder anrufst, der mich hier rausbringen kann. Einen Krankenwagen oder die Polizei ...«

»Hier gibt es keinen Empfang«, sage ich matt und ziehe mir wieder meine Jacke über. »Du musst was essen.«

»In meinem Rucksack gibt es Dosenfutter. Ich bleibe hier, und du gehst zu dir nach Hause und rufst eben von dort aus im Krankenhaus oder bei der Polizei an.« Er atmet schwer. Während er spricht, sieht er zu seinem Rucksack. »In der vorderen Tasche liegt ein Etui. Mit einer Pfeife aus Glas und in Alufolie eingewickelten Kristallen.

»Du rauchst Crack?«

»Für deine sechzehn Jahre bist du ganz schön clever.« Er lacht trocken. »Kannst du es mir geben und das Feuerzeug auch? Bitte? Das Zeug hilft mir dabei, nicht draufzugehen.«

»Ich hole noch mehr Schnee und koche etwas für dich. Eine warme Brühe ist allemal besser als dein Katzenfutter.« Der kleine Topf mit der dazugehörigen Vorrichtung für den Ofen steht in einer Ecke, neben dem Schürhaken und Eimer für Asche. *Falls wir hier eingeschneit werden, können wir uns was Leckeres kochen,* ertönt Emils Stimme in meinem Kopf. Eingeschneit wurden wir hier nie, dennoch haben wir mehrmals für einige Tage hier übernachtet und hatten uns Suppe aus Kleinwild gekocht. Diese Zeit hatte Emil dazu genutzt, mich gefügig zu machen. Der Schürhaken diente öfter zu erzieherischen Zwecken als dazu, die Glut zu schüren. Mein Rücken ist voller Narben, die mir mit diesem Eisen in die Haut eingebrannt wurden.

»Ich bin gleich wieder da«, sage ich und schlüpfe zur Tür hinaus.

18

IM WALD

Nach einer gefühlten Ewigkeit habe ich die meisten Fallen, die Gert für gewöhnlich aufstellt, abgesucht und tatsächlich ein Kaninchen und ein Eichhörnchen in den Schlingen baumeln sehen. Das Kaninchen habe ich laufen lassen, seine rechte Vorderpfote wird schon heilen, doch der gebrochene Hals des Eichhörnchens nicht. Das kleine tote Tier steckt in meiner Tasche. Daraus werde ich Edward eine Brühe zubereiten.

Ein Rascheln hinter mir zwingt mich zum Stehenbleiben. Ganz langsam drehe ich mich um. Das laute Knacken von Ästen sagt mir, dass das kein Tier oder Jäger sein kann. Mein Unterbewusstsein agiert oft schneller als mein Bewusstsein. Schnell verstecke ich mich hinter einem Baum und spähe in die Richtung, aus der ich das näher kommende Geräusch vermute.

Es ist Viktor.

»Was machst du hier?«, will ich von ihm wissen und verlasse mein Versteck. Ich mustere ihn mit gemischten Gefühlen; einerseits freue ich mich, dass er da ist, doch andererseits ärgert es mich, von ihm verfolgt zu werden. *War er doch zu Hause, hat mich aber nicht reingelassen, sondern ist mir nachgeschlichen?*

»Hey«, schreit er und winkt mir zu. Seine Aussprache klingt schwammig, als hätte er sich wieder mal etwas eingeworfen. *Ist Edward etwa sein Dealer?*

»Was geht?«, schreit er und kommt näher.

»Am besten du und am liebsten sofort!«, erwidere ich.

»Warum bist du so aggro?«

»Hast du mich verfolgt?«

»Nein! Wieso bist du so aggro?«, wiederholt er seine Frage und blickt sich um.

»Weil ich nicht dafür belangt werden will, einem dummen Menschen ins Gesicht gehauen zu haben. Das ist nämlich auch bei solchen wie dir verboten, weil auch du ein *human being* bist.«

Viktor runzelt die Stirn

»Das ist Englisch und bedeutet so viel wie ›ein Mensch‹.«

»Hältst du mich tatsächlich für so geistig minderbemittelt, oder was?« Sein Blick ist glasig. »Hast du allgemein was gegen Männer oder nur gegen mich? Was habe ich dir getan?«

»Nichts, aber du hast deinen Opa umgebracht, schon vergessen? Und dann wirfst du die Zähne in den Gully – direkt vor deinem Haus?«

»Vielleicht wollte ich eine falsche Fährte legen und Gisbert in Schwierigkeiten bringen.« Er lächelt breit. »Vielleicht bin ich einfach zu schlau für dich.«

»Vielleicht hat der liebe Gott dich nur erschaffen, weil er eine Wette verloren hat oder die Reste dessen verwerten musste, was von allen anderen übrig geblieben ist? Du bist wie eine Laune der Natur. Man weiß nichts mit dir anzufangen.«

»Du bist eine Zicke, aber das gefällt mir.« Er grinst immer noch. »Was machst du hier?«

»Jagen?« Ich zeige ihm mein Stilett.

Er schüttelt den Kopf und kratzt sich den Nacken. »Manche meinen, ein Mensch wäre die Summe seiner Erlebnisse«, fängt er an zu philosophieren.

Ich falle ihm ins Wort und sage: »Ich wurde mehrfach vergewaltig und nie wertgeschätzt. Was bin ich dann in der Quersumme? Ein verfickt wertloses Dummchen? Ein Lustobjekt, das mit jedem weiteren Jahr an Wert verliert? Oder einfach ein junges Mädchen, das nach Besserem strebt, aber die Chance auf ein besseres Leben nie bekommen wird, weil die Gesellschaft es nicht zulässt. Wir sind alle nur winzige Rädchen einer Maschinerie, die nur nach Geld giert.«

»Warum hast du dich nicht an jemanden gewandt, der dich da rausholt?«

»Alle Politiker, genauso wie die Männer in schwarzen Roben, sind entweder korrupt oder schwanzgesteuert, in vielen Fällen aber auch beides, Dazu geldgeil und hirnlos, weil sie von dem Ding zwischen ihren Beinen gesteuert werden. Na, wie gefällt dir meine Antwort?«

»Du hast recht. Mir hat man auch nicht geholfen und nicht geglaubt, dass mein Opa mich missbraucht hat. Und der Richter war eine Frau.«

»Also eine Richterin?«

»Ja, eine Richterin«, sagt er und wechselt dann das Thema. »Weißt du eigentlich, wie ich aus diesem beschissenen Wald wieder rauskomme?« Er sieht sich um. »Lass uns zur Hütte gehen.« Er legt seine rechte Hand auf meine Schulter. Dass ich ihm daraufhin eine scharfe Klinge an den Hals drücke, interessiert ihn nicht. »Du wirst mich nicht abstechen, weil du noch nicht erfahren hast, wie dein Papa gestorben ist. Das Teil da hat übrigens entweder ihm oder seinem Mörder gehört«, sagt er und schiebt meine Hand mit dem Stilett beiseite. »Komm, lass uns von hier verschwinden.«

»Du hast mich verfolgt. Ich war bei dir zu Hause, aber …«

»Aber ich habe dir nicht aufgemacht, weil ich beschäftigt war. Jetzt haben wir beide aber Zeit, uns zu unterhalten.«

»Wenn du mich aber die ganze Zeit verfolgt hast, warum hast du mir dann nicht geholfen, den verletzten Mann …«

»Ich hatte dich aus den Augen verloren und … Warte, welcher Mann?«

»Edward.«

Viktor grinst breit, wischt meine ins Gesicht hängenden Haare zur Seite und neigt seinen Kopf zuerst nach links und dann nach rechts. Er schielt dabei auf meinen Hals.

»Was machst du da?« Ich stoße ihn grob von mir weg.

Er taumelt, lacht aber. »Ich wollte nur sichergehen, dass du nicht von diesem Edward gebissen wurdest.«

Ich verstehe seinen dummen Witz nicht.

»Ein Vampir?« Er hebt die Brauen. Sein Haar ist immer noch zerzaust, die Augen dunkel umrandet.

»Hör auf mit dem Scheiß und komm endlich! Sonst

lasse ich dich hier. Und wehe, du erzählst mir nicht, was mit meinem Vater passiert ist.«

Ich drehe mich um und stampfe zurück zur Hütte.

»Man hat ihn bei der Jagd erschossen«, sagt Viktor.

Mein Herz bleibt beinahe stehen. »Was?«, frage ich, ohne mich umzudrehen. »Was sagst du da?« Ich drehe meinen Kopf in Viktors Richtung, sobald er mich eingeholt hat.

»Dein Papi hat sich geweigert, Sex mit mir zu haben. Also, er hat mich schon nackt gesehen, aber dann kamst du auf die Welt und er wollte da nicht mehr mitmachen. Er war kein Held. Warum glaubst du, bin ich drogenabhängig geworden? Peters Frau, die Ärztin, hat mir früher das Zeug gespritzt, verstehst du?«

Ich hole mit der linken Hand aus und will ihm die Klinge in den Hals rammen, aber Viktor macht keine Anstalten, sich zu wehren und ich halte doch noch inne.

»Er wollte aussteigen.«

»Du lügst!«, meine Stimme zittert. Die Hand mit dem Stilett auch. Unsere Blicke treffen sich. Er hält meinem stand, ich seinem nicht.

»Und … und wo ist er jetzt?« Ich kämpfe gegen einen Schrei an, der mir die Luft abschnürt.

»Keine Ahnung«, sagt Viktor.

»Ich will … ich will …«

Er dreht sich abrupt um und brüllt mich an. »Ich weiß es nicht, okay? Ich war damals sechs Jahre alt. Ich war ein Kind, genau wie du! Und es war mein Opa, der mich …« Seine Augen füllen sich mit Tränen. »Und ich habe ihn womöglich totgefahren. Ja, ich habe gesagt, dass ich mich wieder erinnere. Ich war auf dem Weg in die Stadt. Die

Route auf dem Navi meines Handys ist noch gespeichert. Kurz vor dem Ziel habe ich gewendet und bin zurückgefahren, weil ich damit aufhören will, aber dann fand ich das Päckchen im Handschuhfach und habe etwas davon geschnüffelt und geraucht. Ab da weiß ich nichts mehr. Meine Oma und dein Vater, dein richtiger Vater, waren Wichser.«

Ich weiß nicht, was ich sagen soll und sehe ihn einfach nur an.

»Was ist?« In seinen Augen schwimmen Tränen. »Warum siehst du mich so an, als würde ich Worte in Mund nehmen, nach denen ich mir den Rachen mit Seife auswaschen muss? Wenn du nur wüsstest, was ich alles schon runterschlucken musste! Und bis heute bin ich die Summe meiner Erlebnisse, wenn du es so haben willst.«

»Geh einfach!« meine Stimme bricht. »Ich will dich nie wiedersehen. Fahr zurück in die Stadt oder wohin auch immer. Aber lass dich nie wieder bei mir blicken! Siehst du diesen Pfad?« Ich zeige in die der Hütte entgegengesetzte Richtung. Alles um mich herum wirkt verschwommen und unecht, aber ich kenne mich hier blind aus und weiß, wohin Viktor gehen muss.

»Welchen Pfad?«

»Stell dich nicht so dumm an!« Mit dem Ärmel meines Pullis wische ich mir grob die Augen trocken und zeige mit der Spitze des Stiletts zu der Trauerweide, die an einer Gabelung steht. »Siehst du den großen Baum mit den langen Ästen?«

»Das ist eine Trauerweide.«

»Genau. Dort biegst du nach links ab und folgst dem

Weg. Er führt dich zur Straße. Von dort aus kommst du zurück zur Siedlung. Du darfst nirgendwo abbiegen.«

»Klar. Und wenn ich an der Straße angelangt bin, muss ich nach rechts oder links laufen?«

»Rechts. Natürlich nach rechts«, sage ich matt.

»Und du?«

»Ich habe noch etwas zu erledigen«, sage ich und kehre ihm den Rücken zu.

»Pia!«

»Lass mich!«

»Ich kann nichts dafür, dass dein Vater …«

»Lass mich einfach in Ruhe!«, schreie ich Viktor an, ohne ihn anzusehen, weil seine Worte mir zu sehr weh tun.

»Sehen wir uns morgen?«, ruft er mir noch nach.

Ich schüttle nur den Kopf und gehe zur Hütte zurück.

19

IN DER HÜTTE

Die warme Luft in der Hütte riecht eigenartig, aber wenigstens ist es nun warm hier drin. Edward liegt seltsam verrenkt auf dem Boden, neben ihm die Pfeife und ein Stück Alufolie. Ich gehe neben ihm in die Knie und tätschle ihm die Wangen. Er brabbelt etwas. Seine Hose ist dunkel im Schritt. Er hat sich im Rausch oder vor Schmerz eingenässt und dennoch hat ihn all das nicht davon abgehalten, zum Rucksack zu kriechen. Die Macht der Drogen ist eben stärker als jegliche Vernunft.

Ich hole das tote Eichhörnchen aus meiner Tasche. Es ist immer noch steifgefroren. Ich werfe das Tierchen vor den Ofen und setze mich im Schneidersitz auf den Boden.

Zu viele Gedanken rauschen mir durch den Kopf.

»Was soll ich nur tun?«, frage ich Edward und schlage mit der Faust gegen seine Brust.

Er reagiert darauf mit einem breiten, vollkommen zugedröhnten Grinsen.

»Verrecke doch hier, du Arsch!«, sage ich und treffe die

einzig vernünftige Entscheidung. Rasch lege ich noch mehr Holz in den Ofen, damit der Junkie nicht erfriert, dann nehme ich meine Jacke wieder an mich, schlüpfe hinein und mache mich auf den Weg nach Hause.

20

IM WALD

Kurz bevor ich die Straße erreiche, werde ich von einer mir bekannten Stimme zum Stehenbleiben gezwungen.

»Pia, bleib sofort stehen, sonst setzt es was!«, wiederholt Emil seine Drohung.

Ich gehorche.

»Was machst du hier?«, will er wissen und versperrt mir den Weg. Sein Niva steht auf der anderen Seite der Straße.

Ich laufe an ihm vorbei.

Emil läuft mir hinterher.

»Bist du stumm, oder was?«, fragt er mich und packt mich grob am Arm. »Was machst du hier?«

Erst jetzt drehe ich mich in seine Richtung.

»Ich war spazieren.«

Emil ist nicht allein. Horst, ein dicker kleiner Mann mit buschigem Schnurrbart, geht hinter Emil her und beäugt mich mit seinen zu eng beieinanderstehenden

Äuglein. Er sieht aus wie eine Mischung aus Schwein und Walross, wobei ich beiden Tierarten mehr Intelligenz zutraue als diesem Typen.

Horst ist unser Ortsvorsteher und daher ein sehr geschätzter Bürger unseres kleinen Dorfes. Aber auch er gehört zu der Sorte von Männern, die sich an unschuldigen Kindern vergehen.

»Du warst also spazieren?« Emil kaut auf einem Streichholz herum und lässt das Stäbchen von einem Mundwinkel zum anderen wandern. Dabei sieht er mich durchdringend an und lacht abfällig. »Seit wann gehst du allein im Wald spazieren, hm? Hast wohl Rotkäppchen gespielt und warst deine kranke Großmutter besuchen, oder wie?«

Beide Männer lachen.

»Wie originell.« Meine linke Hand verschwindet in der Jackentasche und klammert sich um den Griff des Stiletts.

Emils Finger packen mich grob am Nacken. Er zieht mich mit einem heftigen Ruck an sich. Unsere Nasen berühren sich beinahe. Sein Atem riecht nach Tabak und Schmalz. »Warum spielst du dich die letzten Tage so auf, als wärst du schon erwachsen, hm? Ist Gert mit dir im Wald spazieren gewesen?«

»Wieso?«, frage ich ehrlich verwundert.

Emil spuckt das Streichholz aus und bleckt die Zähne. Als jemand meinen Namen ruft, schreckt er zurück und lässt von mir ab.

»Da bist du ja. Ich habe mich schon wieder verlaufen. Hallo, Emil. Horst!« Viktor nickt den beiden zur Begrüßung zu und kratzt sich am Kopf. »Ich habe mich verlaufen und dachte schon, ich werde von den Wölfen gefressen.« Er schnauft und holt tief Luft. Peinlich berührt, in eine Situation geraten zu sein, in der er nicht willkommen ist, schürzt er die Lippen und kramt in seinem Kopf nach einer weiteren Frage: »Ist was passiert?«

»Wir suchen nach meinem Sohn. Wollen zur Hütte.«

»Da ist er nicht«, schießt es aus mir heraus, viel zu schnell. Das merkt auch Emil.

Selbst Horst schöpft einen leisen Verdacht und sagt: »Das kam aber wie aus der Pistole geschossen.« Er fährt sich mit gespreizten Fingern durch das graue Haar, das nach allen Seiten absteht und zieht dann umständlich am Hosenbund. »Komm, Emil, ich habe nicht den ganzen Tag Zeit.«

»Da ist niemand«, hilft mir Viktor dabei, die beiden von der Hütte fernzuhalten und verleiht mir mit seiner Bestätigung meiner Lüge einen Hauch von Glaubwürdigkeit.

»Habt ihr beide dort etwa …«

»Nein«, fällt Viktor Emil ins Wort. »Diese Hütte gehört meinem Opa. Er hat mir von ihr erzählt. Pia hat sich bereit erklärt, mich dorthin zu begleiten.«

Woher wusste er, dass diese Hütte seinem Opa gehörte? Hat er nicht gesagt, er hätte sich verlaufen? Jetzt aber zeigt er in die richtige Richtung. Dennoch lasse ich mir die Verwunderung nicht anmerken. »Ich habe Viktor dabei geholfen, die Bude aufzuräumen«, füge ich hinzu und entspanne mich etwas.

»Meine Oma sagt, die Hütte war immer ein Streitthema gewesen.«

»Deine Oma hat das Mundwerk eines Waschweibs«, sagt Emil und zieht den Rotz die Nase hoch.

»Mag sein. Aber später werde ich alles erben, hat sie gesagt. Auch das Waldstück hier.«

Meine Hand um das Stilett, das gerade so in meine Jackentasche passt, ist nicht mehr so verkrampft und ich schaffe es sogar, Viktor ein Lächeln zu schenken, als Dank dafür, mich nicht im Stich gelassen zu haben.

Emils lauernder Blick wandert zwischen uns beiden hin und her. Schließlich gibt er auf. Er zieht erneut den Rotz in der Nase hoch, sammelt etwas davon im Rachen und spuckt ihn aus. Dann wird er von Horst dazu gedrängt, zurück ins Dorf zu fahren.

»Ich friere mir die Eier ab. Lass uns von hier verschwinden, Emil!«, brummt der Dicke und geht zum Wagen. Emil folgt ihm. »Steigt ein, sonst lasse ich euch hier stehen!«, ruft Emil in unsere Richtung und hält die Tür auf.

Das lassen wir uns nicht zweimal sagen und springen auf die Rückbank.

Der Motor heult auf, die Räder greifen und der Wagen setzt sich in Bewegung. Emil behält mich durch den Rückspiegel im Blick. Etwas Böses lauert darin. »Gestern gab es einen kleinen Zwischenfall. Gert hat ein Reh angefahren, genau an dieser Stelle.« Er zeigt durch die verschmierte Windschutzscheibe auf ein Schild, das leicht geneigt dasteht. ›*Achtung Wildwechsel*‹ steht unter dem roten Dreieck, auf dem ein springendes Rotwild auf dem zentrierten weißen Hintergrund abgebildet ist. »War ein junges Ding. Liegt jetzt womöglich schwerverletzt im Schnee oder ist elendig an den Verletzungen verreckt, das arme Vieh.« Emil leckt sich die Lippen.

Ich weiß, was er damit meint. Ich könnte auch so eine dumme Kuh sein, die über den Haufen gefahren werden kann.

»Habt ihr Blutspuren gesehen?« Er sieht mich immer noch durchdringend an und klopft mit der Faust gegen das Dach des Wagens.

»Blutspuren?«, wiederholt Viktor und fährt sich mit der Hand übers Kinn. Seine Aussprache ist nun wieder sehr undeutlich, noch mehr als zuvor.

»Nein, haben wir nicht. Es gab keine Blutspuren«, sage ich schnell.

»Sag mal, schläfst du mit offenen Augen, Vik?« Emil richtet den Spiegel so aus, dass er jetzt Viktor im Blick hat. »Weißt du eigentlich, wo Tankred steckt? Dein Großvater wollte heute mit mir auf die Pirsch gehen.«

»Er hatte einen Termin beim Augenarzt. Von einer Jagd hat er nichts gesagt.« Viktors Stimme hat einen piepsigen Klang und ist brüchig.

Horst schiebt seinen Sitz weiter nach hinten, bis ich hinter der Lehne fast keinen Platz mehr habe. Seine rechte Hand fährt nach hinten und sucht nach meinen Beinen. Die kurzen Wurstfinger mit schartigen, bis aufs Fleisch abgekauten Fingernägeln ertasten zuerst mein Knie, dann wandern sie gierig zwischen meine Beine.

Meine Kehle wird eng. Ohne lange zu zögern, hole ich das Stilett aus meiner Jackentasche und bohre die Spitze in Horst runzlige Haut, genau zwischen Daumen und Zeigefinger.

Horst gibt einen zischenden Laut von sich und zieht die Hand ruckartig weg.

»Was ist?«, will Emil wissen, während er sich eine Zigarette anzündet und den Wagen mit dem rechten Knie lenkt. Das tut er immer, wenn er sich eine Kippe ansteckt und dazu beide Hände benötigt.

Der Wagen gerät schlingernd auf die Gegenfahrbahn.

Horst reibt sich die Hand, leckt über die schmerzende Stelle und betrachtet knurrend die winzige Wunde. Ich kann seine Visage im Seitenspiegel betrachten.

»Kannst deine Griffel wohl nicht bei dir lassen, hm? Du perverse Sau. Bist ja noch schlimmer als Peter«, zieht Emil seinen Kumpel auf, grinst breit und bläst eine dicke Rauchwolke durch Mund und Nase. »Apropos Peter. Du und er, ihr könnt heute Abend vorbeikommen. Wir, Pia und ich, veranstalten eine kleine Willkommensparty für Viktor. Was sagst du dazu, Vik?« Emil dreht sich kurz zu uns. Sein gieriger Blick streift mich und bohrt sich dann in Viktors Augen.

Viktor schluckt schwer.

Mir läuft ein kalter Schauer über den Rücken.

»Pass doch auf, Mensch!«, schreit Horst und greift nach dem Lenkrad.

Emil verzieht dabei keine Miene. »Wir bieten heute Frischwild an.« Er grinst und streift mich kurz mit einem lüsternen Blick, sieht dann aber Viktor an. »So frisch auch wieder nicht, aber besser als zähes Fleisch ist unser Rehkitz allemal.« Emil streckt den linken Arm nach hinten und klopft mir gegen das linke Bein. Er taxiert mich. Dann bohren sich seine Finger in mein Fleisch, bis es richtig wehtut, aber ich schweige und halte seinem Blick stand.

»Vik!«, schreit Emil plötzlich laut und lässt ein fieses Lachen folgen. »Du bist heute Abend herzlich eingeladen! Solltest dich also frischmachen und vielleicht duschen.«

»Emil, du musst bremsen!« Horst zieht Emil am Kragen.

Mit quietschenden Bremsen bleibt der Niva vor einer Kreuzung stehen.

»Was machst du dir so schnell in die Hose?«, macht Emil seinem Ärger Luft und biegt dann, ohne den Blinker zu setzen, nach rechts ab. »Deinen Opa kannst du natürlich mitnehmen«, greift Emil den Faden wieder auf und dreht den Spiegel so, dass er mich im Blick hat. »Da bekommt Tankred heute Abend ordentlich was zu sehen, nicht? Hoffentlich kann der alte Sack auch was erkennen. Was hat er denn für ein Problem mit seinen Augen?«

»Grauer Star oder so«, weicht Viktor der Frage aus und reibt sich dabei die Handflächen an der Hose ab. Er schwitzt aus allen Poren. »Ich esse eigentlich kein Wildfleisch«, setzt er hinzu.

»Ach wo, das wird dir wohl bekommen, glaube mir, Vik. Du wirst um einen Nachschlag sabbernd auf Knien rutschen. Ist doch so, oder, Pia?« Er drückt die Zigarette im überfüllten Aschenbecher aus.

Ich bekomme keinen Laut heraus.

»Du hast doch nichts dagegen, wenn Vik bei uns vorbeischaut? Schließlich werden wir alle nicht jünger, und etwas frisches Blut hat noch keinem geschadet. Tankred ist seit Langem kein aktives Mitglied mehr, und Ludwig schießt seit einer Weile nur noch mit Platzpatronen. Ach, übrigens, Viktor, wegen der Hütte: Die gehört nicht deinem Großvater, sondern Ludwig. Sag Tankred, das soll er sich ein für alle Mal hinter die Ohren schreiben, sonst macht Ludwig Hackfleisch aus ihm und wirft den alten Sack vor die Hunde.« Er lacht schallend über seinen eigenen Witz und kriegt sich beinahe nicht mehr ein. »Vor die Hunde«, wiederholt er mehrmals und wischt sich dann die Tränen weg. »Ludwig und Tankred waren nie wirklich dicke, aber wenn dein Großvater die Tatsache nicht akzeptiert, dass er die Hütte bei einem Kartenspiel an Ludwig verloren hat, wird er aus unserer kleinen Gesellschaft ausgeschlossen. Oder hast du nicht gewusst, dass dein Opa die Hütte verloren hat, dass er spielsüchtig ist und nicht so viel Geld hat, wie er dir versprochen hat? Der Wald gehört aber immer noch Tankred.« Er betrachtet Viktor durch den Spiegel und sagt dann in versöhnlicherem Ton: »Du bist natürlich trotzdem herzlich willkommen.«

Wir passieren das Ortsschild.

»Soll ich dich bei deinen Großeltern absetzen, Vik?«

»Nein, das restliche Stück kann ich laufen.«

»Mich kannst du auch an der Ecke rauslassen«, brummt Horst und schnallt sich bereits ab.

Emil bleibt an der einzigen Bushaltestelle des Orts stehen, steigt aus und klappt seinen Sitz nach vorn, damit Viktor ebenfalls aussteigen kann. »Dann sehen wir uns heute Abend um sechs, Vik.«

»Mal schauen«, gibt Viktor vage von sich.

»Horst, du kannst schon etwas früher kommen. Wir brauchen ja etwas länger, bis wir auf Betriebstemperatur kommen.«

Beide grinsen wissend, und mir wird bei der Vorstellung, wie der Abend verlaufen wird, ganz kalt ums Herz.

Viktor sieht mich fragend an.

»Sie freut sich ganz bestimmt, wenn du kommst.« Emil zerzaust Viktor das Haar, klopft ihm auf die Schulter und schiebt ihn kumpelhaft von sich. »Kannst dich auf was gefasst machen, Kumpel«, sagt er, während er sich wieder hinters Steuer klemmt.

»Bis heute Abend«, sagt Horst und winkt zum Abschied.

Viktor und Horst laufen in entgegengesetzte Richtungen davon.

Emil drückt sich zwischen den Sitzen hindurch, den Blick auf mich gerichtet. Mit beiden Händen umfasst er meine Schenkel. »Du solltest dich da unten ordentlich rasieren und dich mit der teuren Creme ... du weißt schon, die, die ich dir gekauft habe, ... da unten und auch obenrum eincremen. Ich mag es, wenn du nach Babycreme riechst.« Die Wollust steht ihm ins Gesicht geschrieben. Er streift sich über den Bart und leckt sich wieder die Lippen.

»Aber nur, wenn du dich auch rasierst«, höre ich mich sagen und staune über mich selbst.

»Was?« Seine Augen werden groß, der Druck auf meine Schenkel verstärkt sich. Statt einer groben Zurechtweisung unter Androhung von Schlägen höre ich ein Lachen. »Du wirst erwachsen und stellst Regeln auf? Das gefällt mir. Aber du solltest diesbezüglich nicht über die Stränge schlagen, junge Dame, auch wenn mich Frauen mit Mumm schon immer fasziniert haben.« Er zieht sich zurück, betrachtet sich eingehend im Rückspiegel und sagt: »Vielleicht hast du recht. Der Bart wächst ja schließlich nach. Und wenn ich ohne scheiße aussehe, rasiere ich dir zur Strafe eine Glatze.« Er lacht abermals, legt den Gang ein und fährt los.

Wir beide schweigen den Rest der Fahrt. Emil malt sich bestimmt die bevorstehende Orgie aus – und ich lege mir einen Plan zurecht, wie ich mir die Männer ein für alle Mal vom Leib halten kann.

21

EMILS HAUS

Ich liege im Bett und gehe in Gedanken alle Möglichkeiten durch. Die Tür habe ich mit dem Stuhl verkeilt, das Stilett drehe ich zwischen den Fingern. Ich weine, weil mir nichts einfallen will.

Soll ich mich in der Hütte verstecken?

Plötzlich zieht sich meine Kopfhaut zusammen. Ich habe Edward vergessen.

Schnell blinzle ich die Tränen weg und setze mich auf die Bettkante. Die Uhr über meinem Schreibtisch zeigt an, dass ich bis zu den bevorstehenden Exzessen keine Stunde mehr Zeit habe.

Unten geht die Klingel.

Wer benutzt schon die Türklingel?, huscht es durch meinen Kopf. *Nur ein Fremder, alle anderen nehmen den schweren Eisenring oder treten einfach so ein.* Letzteres kommt öfter vor.

Mit rasendem Herzen stelle ich mich aufs Bett und ziehe das Dachfenster auf. Ich spähe hinaus, strecke dabei den Hals ganz lang und stelle mich auf die Zehenspitzen. Erst jetzt erkenne ich vor dem Tor einen Polizeiwagen.

Die Klingel geht wieder. Dieses Mal energischer.

»Kann jemand an die Tür gehen, ich bin auf dem Scheißhaus!«, dröhnt Emils Stimme dumpf durch die Tür und die Wand, hinter der sich das Klo befindet. Dort verbringt Emil einen Großteil der Zeit, wenn er zu Hause ist und gerade nicht säuft, frisst oder schläft.

Schwere Schritte auf der Treppe. Gert ist wieder da. Oder es ist meine Mutter, die ihren Rausch ausgeschlafen hat.

»Guten Tag.« Nun erkenne ich Gerts Stimme.

»Guten Tag«, erwidert eine Frau seine hölzerne Begrüßung. »Wir sind von der Polizei und suchen nach einem …«

Der Rest des Satzes wird von Emils Brüllen überlagert. »Wer ist es?«, brüllt er vom Klo aus. Schon geht die Spülung und kurz darauf wird die Tür aufgerissen. »Wenn es wieder dieser Typ von der Internetfirma ist, dann schick ihn weg!«

Er wäscht sich nie die Hände, dieser Wichser, überlege ich und springe vom Bett.

»Polizei!«, schreit Gert das ganze Haus zusammen.

»Was?«, brüllt Emil zurück.

»Was ist passiert?«, mischt sich meine Mutter ebenfalls schreiend ins Gespräch ein.

Ich nehme den Stuhl weg, sperre die Tür auf und spähe hinaus in den Flur.

Wie ein Gespenst steht meine Mutter in ihrem Nachtkleid da und hält sich an der Wand fest. Ihre Beine knicken immer wieder ein, ihr Haar ist zerzaust. Ihr aufgedunsenes Gesicht hat einen zerknautschten Abdruck vom Kissen auf der linken Wange.

»Geh zurück in dein Zimmer und zieh dir was Ordentliches an, Mama«, sage ich und wage mich bis zum obersten Treppenabsatz.

»Was wollen Sie?«, blafft Emil die Polizistin an. Er bittet sie nicht herein.

»Wir suchen nach einem gewissen Herrn Bloumgart«, sagt die Polizistin in ruhigem Ton. »Edward Bloumgart ist zweiundzwanzig Jahre alt und wird seit gestern vermisst.«

»Ein erwachsener Kerl wird nach weniger als vierundzwanzig Stunden auf die Fahndungsliste gesetzt?«, äußert Emil seine Verwunderung laut.

»Nein, natürlich nicht. Seine Lebensgefährtin hat jedoch eine Nachricht bekommen, die nicht nur ihr Sorgen bereitet. Der genaue Wortlaut lautet wie folgt …« Sie unterbricht ihren Redefluss.

Ich beuge mich derweil etwas tiefer über den Handlauf. Die Polizistin hat aschblondes Haar, das sie zu einem Pferdeschwanz gebunden hat. Ich höre ein Papierrascheln. »›*Ich wurde angefahren*‹«, liest sie von einem Zettel ab, den sie jetzt Emil vor die Augen hält.

»Und was habe ich damit zu tun, bitte schön?« Emil sieht hoch, so, als hätte er meinen Blick bemerkt. Seine Wangen sind tatsächlich glattrasiert, das Haar frisch frisiert und feucht glänzend vom Gel. Ich erkenne ihn kaum wieder. Seine eisgrauen Augen strahlen so viel Kälte aus, dass ich eine Gänsehaut bekomme. Wenn die Polizei erst mal weg ist, wird er seine ganze angestaute Wut wegen dieses Vorfalls an mir auslassen. Der Blickkontakt dauert nur einen kurzen Moment, dann sieht er wieder zur Polizistin.

»Diese Nachricht kam als SMS an. Ein ziemlich furchteinflößender Text, nicht wahr?«

Er lacht abfällig auf und lehnt sich mit der Schulter gegen die Wand. »Ich habe nichts Ungewöhnliches bemerkt«, sagt Emil mit zornigem Unterton und will die Tür schließen, aber die Polizistin lässt sich nicht so schnell abwimmeln.

»Das Signal des Smartphones wurde in dieser Gegend trianguliert.«

Ich will genau wissen, wie die Frau aussieht, die sich von Emil nicht einschüchtern lässt, und gehe auf Zehenspitzen mehrere Stufen nach unten.

»Sprechen Sie Deutsch oder machen Sie sich vom Acker. Mathe war nie mein Lieblingsfach«, spielt sich Emil weiter auf, weil er sich in Gegenwart einer Frau, egal, ob sie eine Uniform trägt oder nicht, stets überlegen fühlt. Er gehört schließlich zum stärkeren Geschlecht, sagt er immer. Um seine Männlichkeit zu verdeutlichen, kratzt er sich ungeniert im Schritt.

Die Polizistin schenkt diesem peinlichen Gebaren keine Beachtung und sieht Emil weiterhin direkt in die Augen.

»Man hat das Signal in dieser Gegend lokalisiert«, formuliert sie ihre Aussage um und hebt leicht die Brauen.

Mir fällt auf, dass ihre Gesichtszüge sehr fein wirken. Ich sitze auf einer der Stufen, halte mich mit beiden Händen an den hölzernen Stäben fest und beobachte, wie die Polizistin Emil die Stirn bietet. Ich bewundere sie und wünschte, ich hätte ebenso viel Selbstbewusstsein wie sie.

»Hier um uns herum ist nur Wald. Da verirrt man sich leicht, wenn man nicht ortskundig ist. Und Handys und den ganzen neuartigen Firlefanz können Sie bei uns vergessen. Wir leben hier am Arsch der Welt. Sie müssen schon eine richtige Karte dabeihaben, aber damit kennt sich ja heutzutage kein Schwein mehr aus, weil die junge Generation alles mit ihren Handys und diesem Dudel macht.«

»Google«, verbessert ihn die Frau. Dafür fängt sich sie sich einen noch giftigeren Blick von Emil ein.

»Wie auch immer. Nun, einen schönen Tag noch.«

Emil drückt die Tür langsam zu und erhöht den Druck, als die Polizistin nicht weichen will. Dann ertönt ein elektrisches Knirschen ihres Funkgerätes. Sie drückt auf einen Knopf und dreht an einem der Rädchen. Es rauscht und dazwischen erklingen einige Wortfetzen, aus denen ich nicht schlau werde, genauso wenig wie Emil und Gert. Er und sein Vater tauschen einen schnellen Blick aus. Hektische Flecken färben Gerts Gesicht rot. Wie ausgefranste Tintenkleckse breiten sie sich zuerst auf seinen Wangen aus und kriechen dann seinen Hals hinab. Er wird zunehmend unruhiger und steckt seine beiden Hände in die Hosentaschen.

»Ist das Ihr Wagen?«, will die Polizistin, die die Tür noch blockiert, von Emil wissen. Sie zeigt zum Hof, wo ein Kollege von ihr gerade den Niva umrundet.

Emil nimmt die Hand von der Türklinke und macht einen Schritt nach vorn. »Welcher?«

»Der grüne Geländewagen.«

»Wieso?« Emil will nach seinem Bart greifen, um ihn glatt zu streichen, aber dann stellt er mit verdutzter Miene fest, dass sein Kinn frisch rasiert ist. Von seinem anfänglich aufmüpfigen Gebaren ist nicht mehr viel übrig.

»Ist es Ihrer?« Die Polizistin schaut zu Gert.

Er schüttelt den Kopf und sieht zu seinem Vater.

»Der Niva gehört mir, und sagen Sie Ihrem Kollegen, er soll sich von meinem Auto fernhalten«, findet Emil zu seiner Starrköpfigkeit zurück.

»Wir werden den Wagen fotografieren. Der Kollege meint, er habe eine verdächtige Delle an der Motorhaube entdeckt. Und die Stoßstange …«

»Ich habe neulich mal ein Reh oder ein Schwein über den Haufen gefahren, unabsichtlich natürlich«, erklärt Emil schnell. »Dabei kann es schon mal zu einem Blechschaden kommen.«

»Ich möchte Ihnen trotzdem noch ein paar Fragen stellen, aber nicht zwischen Tür und Angel. Wohnen hier noch mehr Personen?« Die Polizistin tritt unaufgefordert ein, und Emil weicht ihr aus, als hätte er Angst, sich bei ihr mit einer unangenehmen Krankheit anzustecken.

»Nur mein Sohn, ich und …«

»Wer ist dieses Mädchen da oben?«

Sie hat mich die ganze Zeit im Auge gehabt, ohne dass ich es bemerkt habe. Ich schlucke den dicken Kloß, der in meinem Hals entsteht, hinunter und will aufstehen.

»Ist sie Ihre Tochter?«

»Das da ist nur mein Stiefkind«, sagt Emil abfällig. »Und meine Frau schläft. Sie hat mal wieder Kopfschmerzen und …«

»Wer ist da?« Meine Mutter steht auf der obersten

Stufe und hält sich mit beiden Händen am Handlauf fest. Sie hat sich in der Zwischenzeit umgezogen, denn sie trägt jetzt eine grüne Leggings, die im Schritt ziemlich eng sitzt und einen gelben, grobmaschigen Pullover, der Emil gehört. Barfuß und mit zerzaustem Haar steht sie da und beäugt die Polizistin skeptisch.

»Geh zurück ins Bett!«, ruft Emil ihr zu, aber die Polizistin mischt sich wieder ins Geschehen ein.

»Ihrer Frau würde ich auch noch einige Fragen stellen wollen, wenn es Ihnen recht ist.« Sie begibt sich zur Treppe und sieht hoch zu meiner Mutter.

»Ja, mir geht es schon viel besser. Ich bin nicht mehr so betrunken, dass ich kotzen muss, aber ich komme auch nicht so schnell runter, weil mir der Kopf dröhnt und ich die Stufen in diesem trüben Licht nicht sehen kann.«

»Ich helfe dir«, beeile ich mich zu sagen, stehe hastig auf und stütze meine Mama beim Gehen.

»Dann gehen wir am besten in die Schankstube.« Emil geht voran.

Die blonde Polizistin wartet geduldig auf uns beide und hilft mir dann, meine Mutter zu stützen.

Nachdem alle Platz genommen haben, spricht die Frau etwas in ihr Funkgerät und stellt sich dann vor.

»Mein Name ist Martinez. Den Namen habe ich von meinem Vater, der immer noch in Spanien lebt, das Aussehen von meiner Mutter, die aus Schweden kommt«, sagt sie und versucht offenbar, die angespannte Atmosphäre etwas zu lockern.

Gert entspannt sich tatsächlich, Emil nicht, und auch meine Mutter wirkt weiterhin angespannt. Emil taxiert die Frau und wartet auf die nächste psychologische Falle, die ihn in Schwierigkeiten bringen kann, weshalb jegliche Antwort gut überlegt sein muss.

»Wollen Sie einen Schluck Wasser, Frau Martinez?«, frage ich, weil mir etwas Wichtiges eingefallen ist und ich schnell zurück in den Flur muss. Ich hoffe, sie sagt ja.

»Danke. Für dich gerne Maja – und wie heißt du?« Sie schenkt mir ein freundliches Lächeln.

»Pia«, flüstere ich und laufe rot an.

»Wo gehst du hin? Das Wasser aus dem Wasserhahn reicht doch völli...«, setzt Emil an.

»Ich hole Ihnen eine Flasche Wasser aus dem Keller«, sage ich zu ihr und übergehe ihn absichtlich. Dabei genieße ich, dass er sich in Anwesenheit der Polizei nicht traut, mich deswegen anzuschreien. »Das Wasser aus unseren maroden Leitungen schmeckt nach Rost.«

Ich verlasse den Schankraum und vergewissere mich, dass mir niemand folgt. Meine Hand steckt in meiner Jackentasche. Schnell hole ich Tankreds Zahn heraus und verstecke ihn samt dem Taschentuch, in das er eingewickelt ist, in Emils gefütterter Weste. Diese zieht er gern zur Jagd an, wegen der Bewegungsfreiheit, die sie ihm lässt. Ich stecke das Papierknäuel in die Innentasche, weil ich nicht will, dass Emil den Zahn zu schnell findet. Ich muss den Zahn schleunigst loswerden, weil ich befürchte, dass uns die Polizei durchsuchen wird. Und wenn sie ihn in Emils Jacke findet, gerät er in Erklärungsnot, nicht ich. Insgeheim wünsche ich mir das sogar.

Auf Zehenspitzen laufe ich in die Vorratskammer, nehme eine der Glasflaschen mit dem teuren Wasser mit wenig Kohlensäure. Dann verstecke ich mich hinter der

Trennwand, wo ich die Polizistin und die anderen ungesehen belauschen kann.

Emil fühlt sich in die Ecke getrieben, aus der es nur einen Ausweg gibt: Die Flucht nach vorn.

»Weshalb ermitteln Sie wegen fahrlässiger Tötung?«, will Emil wissen. »Und wenn er sich selbst das Leben genommen hat, was dann? Ist bestimmt der Nachwuchs eines reichen Schnösels, weil Sie so buckeln, oder? Bin ich jetzt ein schlechterer Mensch, weil ich keinen dicken Benz fahre?«

Ich komme nicht ganz mit, weil ich den Anfang der Befragung verpasst habe.

»Das ist der springende Punkt«, erwidert Maja ruhig. »Sie werden noch nicht verdächtigt. Ihr Sohn und Sie agieren zum gegebenen Zeitpunkt lediglich als mögliche Zeugen. Jedes Detail kann für den weiteren Verlauf unserer Ermittlungen wichtig sein.«

»Wir haben aber nichts gesehen. Ist diese Art Befragung überhaupt rechtens? Warum wird bei einem Selbstmord überhaupt ermittelt? Fangen Sie doch zuerst bei seiner Ex damit an«, begehrt Emil auf.

»Suizid oder Freitod sind die richtigen Begriffe«, versucht Maja, Emil mit ihrer ruhigen Art zu besänftigen.

Ich wage einen Blick in den Raum und sehe, dass Emil aufsteht, zum Zapfhahn geht und sich dann gerade noch davon abhält, sich ein Bier zu zapfen. »Wollen Sie vielleicht eine Limo?«

»Nein, danke. Ich warte gern auf mein Wasser.«

Emil watschelt zurück und lässt sich schwerfällig und mit Schnappatmung auf den Stuhl nieder, der am weitesten von Maja entfernt steht.

»Warum wollen Sie uns überhaupt befragen? Wir haben nichts mit dem Verschwinden des Mannes zu tun.« Er späht durch das Fenster in den Hof. »Ihr Kollege soll mir ja keine Kratzer in den Lack machen.«

Schweigen.

Maja macht sich Notizen und lässt Emil zappeln.

Er holt tief Luft, verschränkt die Finger ineinander und lehnt sich zurück. »Also, was soll das ganze Theater? Mein Sohn und ich haben gestern ein Reh angefahren. Das passiert schon mal.« Jetzt schaut er zur Uhr. Die Zeit drängt. Schließlich will er bald eine Party schmeißen und wenn die ersten Gäste eintrudeln, wird es noch mehr Fragen geben.

Maja blick auf und sagt: »Das habe ich Ihnen schon erklärt, aber ich bin gewillt, Ihnen den Sachverhalt auch noch mal in groben Zügen zu schildern, sodass Sie einen Überblick bekommen. Diese Art von Ermittlungen wird immer dann eingeleitet, wenn Zweifel im Raum stehen. Wenn nicht direkt ausgeschlossen werden kann, dass zwischen dem Verschwinden Herrn Bluomgarts und dem Schaden, den mein Kollege an Ihrem Fahrzeug festgestellt hat, ein Zusammenhang besteht, wird der Sache nachgegangen.«

»Das bedeutet?«

»Noch fungieren Sie als mögliche Zeugen. Wenn Sie sich kooperativ zeigen, wird sich die Sache womöglich schnell aufklären. Ich stelle Ihnen Fragen, die Sie mir bitte wahrheitsgetreu beantworten. Ich gebe zu, nicht selten wird dieser Umstand von einem Dritten herbeigeführt und als solches nach außen hin präsentiert, dabei spielen winzige Nuancen eine sehr gewichtige Rolle.«

»Welcher Umstand?«, unterbricht Emil sie barsch und beugt sich wieder vor. »Wir haben niemanden umgebracht.«

»Wenn ein *Mörder* eine solche Tat zum ersten Mal verübt, begeht er dabei oft Fehler, die das Motiv oder zumindest die Beweggründe im Nachhinein erklären, aber den Täter nicht freisprechen.«

»Nun machen Sie mal halblang. Zuerst sagen Sie, wir wären mögliche Zeugen und jetzt sind wir auf einmal Verdächtige? Und was, wenn jemand versucht, mir etwas in die Schuhe zu schieben? Den Wagen kann ja schließlich jeder Depp fahren. Der Schlüssel steckt immer im Zündschloss. Ich rufe jetzt meinen Anwalt an.«

»Wir haben aber keinen«, lallt meine Mutter und entlockt meinem Vater ein tiefes Knurren.

»Halt du lieber deinen Rand! Peter ist unser Anwalt«, sagt Emil und schlägt mit der Faust auf den Tisch. »Vielleicht hat sich der Typ einfach einen blöden Scherz erlaubt, um seiner Alten einen Schrecken einzujagen.«

»Bei einem Suizid bestehen anfangs meistens Zweifel«, fährt Maja fort, »weshalb die Polizei dazu verpflichtet ist, Spuren zu sichern, um sämtliche Zweifel aus dem Raum zu räumen. Schließlich sollen die Staatsanwaltschaft und der Richter später bezüglich des Sachverhalts und des möglichen Ablaufs der Geschehnisse über alle Zweifel erhaben sein.«

»Wir haben ihn nicht angefahren.«

»Das behaupte ich ja auch gar nicht«, erwidert Maja und schreibt wieder etwas auf.

»Was wollen Sie dann noch von uns?« Ein stroboskopisches Flackern von den Lichtern eines Polizeiautos huscht durch den Raum. »Sie haben Verstärkung geordert?«

»Ich befolge nur die Richtlinien, die mein Beruf mir vorgibt.«

»Was soll das? Ein übereifriges Fräulein will einem Mann zeigen, wo der Hammer hängt, oder was?« Emil lugt zum Fenster.

Maja geht auf die Provokation nicht ein. Sie bleibt ruhig. »Falls nach dem Abschluss der Untersuchungen weiterhin Zweifel bestehen und sich der Tathergang nicht mit dem von Ihnen geschilderten Ablauf und der Beweislage deckt, wird der Fall an ein Team übergeben, das die Ermittlungen leitet. Dann müssen Ihrerseits die Beweise erbracht werden, die dazu nötig sind, Sie vor Gericht zu entlasten. Wir stellen lediglich routinemäßige Fragen.«

»Was machen die Kerle in den weißen Anzügen in meinem Hof?«

»Die Kollegen sichern Spuren. Ich befrage mögliche Augenzeugen.«

»Müssen Sie da nicht zu zweit sein?«

»Mein Kollege ist leider verhindert, wir können das Gespräch auch auf später verschieben, aber dann werde ich Sie mit aufs Präsidium vorladen müssen.«

»Wegen einer SMS machen Sie so ein Fass auf?«

»Ich habe Ihnen nicht den ganzen Text vorgelesen. Dazu bin ich momentan nicht befugt.« Majas Ton wird kühler. »Ihr Sohn ist aktenkundig und der Polizei einschlägig bekannt. Genauso wie Sie. Häusliche Gewalt und Raub.«

»Da war ich noch ein Kind.«

»Sie waren siebzehn und haben Ihre Mutter krankenhausreif geprügelt. Ihr älterer Bruder hat sich Ihrer damaligen Aussage nach im Rausch erhängt. Und Ihr Vater verschwand spurlos, ebenso wie ein paar Jahre später Ihre Mutter.«

»Sie haben sich halt aus meinem Leben verpisst, weil sie selbst nichts auf die Reihe bekommen haben. Einen Berg Schulden haben sie mir übriggelassen als Dank, dass ich hier den ganzen Laden übernommen habe.«

»Eigentlich hätte man damals nicht nur die äußeren Verletzungen am Leichnam Ihres Bruders begutachten, sondern auch eine Obduktion durchführen sollen. Aber Sie waren, wie Sie eben selbst sagten, noch minderjährig und der Richter ließ Gnade walten. Doch es gibt weitere Einträge, die Sie nicht gerade gut dastehen lassen. Diesmal wird alles genauestens überprüft. Falls wir Herrn Bloumgarts Leiche, und davon gehen wir im Moment aus, finden und sich der Verdacht einer Fremdeinwirkung ergibt, wird ein Verfahren wegen Mordes eingeleitet.«

»Nur mal angenommen, der Typ wäre versehentlich von einem Wagen über den Haufen gefahren worden. Dann wäre es doch eher ein Unfall und keine vorsätzliche Tat.«

»Aber dann muss der Vorfall unverzüglich der Polizei gemeldet werden. Ansonsten handelt es sich um Vertuschung einer Tat und Irreführung der Justiz. Daraus kann sich im Verlauf der Suche eine so vielschichtige Spurenlage ergeben, dass wir auf jedes Indiz angewiesen sind, um dem Geschehen auf den Grund zu gehen. Daher appelliere ich erneut an Sie und die übrigen Familienmitglieder: Erzählen Sie uns bitte alles, was sich gestern Nacht hier ereignet hat. Wenn Sie sich dazu bereit erklären, uns alles ohne Umschweife so darzustellen, wie es hier gestern passiert ist und ehrlich sagen, was es mit dem Schaden Ihres Wagens auf sich hat, können wir Sie schnell von der Liste der möglichen Verdächtigen streichen. Und ich meine es wirklich so; Sie dürfen die Schilderungen in keiner Weise verfälschen. Am besten alles in chronologischer Abfolge erzählen. Alles, was gestern nach 17 Uhr passiert ist, ist von enormer Wichtigkeit.«

»Okay.« Emil hebt die Hände in die Luft. »Tun Sie sich keinen Zwang an. Schleppen Sie den Wagen ab. Nehmen Sie ihn mit und untersuchen Sie den Schaden. Vielleicht finden Sie sie ja, Ihre Spuren. In dieser Zeit brauche ich aber einen Ersatzwagen und meinen Anwalt.«

»Wo waren Sie gestern Abend?«, wendet sich Maja überraschenderweise an Gert und ignoriert Emils Einwurf geflissentlich.

»Er war den ganzen Abend bei mir im Zimmer. Tut mir leid, dass ich Sie belauscht habe«, sage ich. Ich trete ein und drücke die Flasche fest an meine Brust. Dabei setze ich eine traurige Miene auf. »Wir haben Karten gespielt.«

»Ja, genau«, beeilt sich Gert, meine Lüge zu bestätigen. Er wirkt gleichermaßen verwirrt und dankbar, dass ich seinen Kopf aus der Schlinge gezogen habe. Ich bin mir sicher, dass er Edward angefahren hat, aber nicht mit dem Niva. Und weil er keinen Führerschein hat, wird der Verdacht auf Emil fallen. Ich hoffe, die Polizei untersucht auch den anderen Schrottwagen – und Emils Jacke.

»Ich darf überhaupt nicht Auto fahren, weil ich keinen Führerschein habe«, redet Gert weiter.

Emils Halsschlagader schwillt an.

Als wäre ich mir keiner Schuld bewusst, begebe ich mich zur Anrichte, drehe den Deckel der Flasche auf und schnappe mir ein sauberes Glas, das ich bis zum Rand mit perlendem Wasser fülle. »Das ist für Sie«, sage ich und stelle das Glas neben Majas Notizbuch ab. Zuvor lege ich einen Bierdeckel drunter. Dann setze ich mich neben sie.

»Danke«, sagt Maja, nippt an ihrem Wasser und stellt das Glas zurück auf den Bierdeckel.

»Dein Bruder …«

»Er ist ihr Stiefbruder. Die beiden sind nicht verwandt«, korrigiert Emil sie und öffnet dabei den obersten Knopf seines Hemdes.

Erneut ertönt das helle Bimmeln der Klingel.

»Herein, es ist offen!«, brüllt Emil durch das ganze Haus.

Ein Mann in Polizeiuniform, mit Glatze und ernstem Blick, erscheint im Schankraum. »Wer ist der Halter des Fahrzeugs mit dem Kennzeichen …«

»Da ist er ja, sagt Maja. Mein Kollege …«

»Beide Autos gehören mir«, unterbricht Emil die Polizistin.

»Beide?« Der Polizist hebt verwundert die Brauen. Die Nase rümpfend mustert er Emil und konsultiert dann sein Notizbuch, so als habe er etwas übersehen. »Wo ist der zweite?«, will er von Emil wissen und blickt auf. Das Notizbuch steckt er in die Brusttasche seiner Jacke.

Emil hätte sich am liebsten auf die Zunge gebissen, das kann ich an seinem Gesicht ablesen. Endlich steckt er in der Klemme und wird von der Polizei so richtig in die Mangel genommen.

»Sie müssen bitte mitkommen.« Der Polizist sieht Emil ernst an.

»Wohin?«

»Am besten aufs Revier. Wir brauchen Ihre Fingerabdrücke und andere Daten.«

»Ich habe nichts getan.«

»Alles nur Routine. Wir bringen Sie auch wieder zurück, versprochen.« Der Polizist sieht zu Maja.

»Ich bin hier fertig. Danke fürs Wasser, Schätzchen«, sagt sie an mich gewandt.

Wegen des Kosenamens muss ich ganz tapfer sein, um nicht in Tränen auszubrechen. »Gern«, flüstere ich kaum hörbar.

»Ziehen Sie sich was an, draußen ist es kalt und in unserem Wagen ist ausgerechnet heute die Heizung ausgefallen«, sagt der Polizist und wartet darauf, dass Emil ihm folgt.

»Du musst die heutige Party absagen, der Wirt ist beschäftigt«, murmelt Emil Gert beim Vorbeigehen ins Ohr.

»Bitte unterlassen Sie das! Wenn Sie etwas zu sagen haben, dann bitte laut«, wird Emil von dem Polizisten ermahnt.

»Ich habe gesagt, dass hier heute keine Party steigt, weil der Wirt verhindert sein wird. Zufrieden?« Emil breitet die Arme aus.

»Welche Party?« Maja wirkt stutzig.

»Eine Jubiläumsfeier zum langjährigen Bestehen unseres Vereins«, gibt Emil schnippisch von sich. »Soll ich Ihnen die Gästeliste vorbeten?«

»Gern. Das machen wir aber alles auf dem Revier«,

interveniert der Polizist. Mit seiner sonoren Stimme zeigt er, dass Emils machohaftes Gehabe ihn nicht im Geringsten einschüchtert.

Emil reißt den Mund auf, schließt ihn aber sogleich wieder, weil ihm kein giftiger Spruch mehr einfällt.

Als alle, bis auf Gert und meine Mutter, gegangen sind und die Fahrzeuge abgeschleppt wurden, ist es so still im Haus, dass ich mich atmen hören kann.

In der Ferne höre ich das Gebell von Hunden.

»Sie haben eine Hundestaffel losgeschickt«, durchbricht Gert die Stille.

Ich sitze am Fenster und schaue hinaus. Die Wolken am Himmel haben die Farbe von geschmolzenem Erdbeereis angenommen.

»Warum hast du für mich gelogen?«, will er nach einer Weile von mir wissen.

»Weil du mein Bruder bist«, sage ich und stehe auf.

»Musst du den anderen nicht Bescheid sagen, dass die Party ins Wasser fällt?«, frage ich ihn nonchalant, als würde ich übers Wetter reden. Dabei spüre ich den Herzschlag in meinem Hals.

»Ach du Scheiße!« Gert kratzt sich am Kopf und springt wie von der Tarantel gestochen auf.

»Ich muss auch noch wohin.« Mit diesem Satz laufe ich in den Flur, ziehe mir eine dicke Jacke über, schlüpfe in die schweren Schuhe und bemerke, dass Emil seine Weste mit dem darin versteckten Zahn angezogen hat.

Gert schiebt mich beiseite. »Mach Platz!«, schreit er, zieht sich schnell an und läuft in den Hof hinaus.

Mit rotem Kopf und Tausenden Gedanken darin, schleiche ich durch den Hinterausgang nach draußen.

Ich warte einen Augenblick an die Hausecke gelehnt und über den Hof starrend, auf eine Bewegung. Endlich sehe ich Gert, der den Hof verlässt. Er verliert fast einen seiner Schuhe, flucht, zieht ihn richtig an und rennt zur Straße.

Geduckt laufe ich ihm hinterher.

22

POLIZEIPRÄSIDIUM, VERHÖRRAUM

Emil schwitzt Blut und Wasser und starrt unentwegt zum Fenster. Draußen schneit es nicht mehr. Nackte Baumkronen wiegen sich im Wind hin und her und der von Wolken verhangene Himmel spiegelt perfekt seinen inneren Zustand wider. Emil hat zum ersten Mal seit Langem richtigen Respekt vor einer Frau. Diese Maja Martinez weiß viel mehr, als sie sagt und lässt ihn zappeln.

Der kleine, in die Länge gezogene Raum verfügt über einen massiven Tisch, drei Plastikstühle und eine verkümmerte Pflanze, die auf der Fensterbank steht. In dem irdenen Gefäß stecken mehrere Zigarettenstummel. Wie gern würde Emil auch eine rauchen, aber man hat ihm aus Sicherheitsgründen alle Habseligkeiten abgenommen.

Er schluckt. Seine Kehle ist wie ausgedörrt. Emil sitzt mit dem Rücken zur Wand und lehnt den Kopf zurück. Die Lider fallen langsam zu und die müden Augen fangen vor Überanstrengung an zu brennen. Das enervierende

Ticken der Uhr treibt ihn schier in den Wahnsinn, denn trotz der gefühlt endlosen Wartezeit ist kaum eine Stunde vergangen, seit man ihn in diesen Raum gebracht hat. Plötzlich kann er sich nicht mehr beherrschen. Tränen laufen ihm über die Wangen. Er blinzelt heftig. In der Hoffnung, ein Taschentuch zu finden, sucht er seine Weste ab.

Just in dem Moment, in dem seine Finger tatsächlich etwas Weiches ertasten, geht ohne Vorwarnung die Tür auf. Emil zieht die Hand ruckartig zurück und vernimmt ein leises Klimpern, wie von einer Perle, die über einen harten Untergrund kullert. Das zerknüllte Taschentuch gleitet geräuschlos zu Boden und bleibt neben Emils schmutzigen Schuhen liegen.

Ein großer Mann mit grau melierten Schläfen und ernster Miene bleibt in der Tür stehen. Er trägt keine Uniform. Verwundert hebt er seine buschigen Brauen, schaut dann zu Boden und wieder zu Emil. Sein Erscheinen bereitet Emil eine Gänsehaut, weil der Mann von einer Aura umgeben ist, die einem nicht nur den nötigen Respekt, sondern auch Furcht einflößt. Emil fingert nervös am Kragen seines Hemdes und zwängt sich ein Lächeln auf.

»Mein Name ist Kommissar Michelberg. Mir wurde der Fall um das Verschwinden des Herrn ...« Der Polizist stockt, steckt seine fleischige Hand in die Innentasche des dunklen, teuer wirkenden Dreiteilers und holt einen winzigen Notizblock heraus. Seine Augen werden zu engen Schlitzen, als er zwei Seiten vorblättert und den Namen langsam vorliest: »Bloumgart.« Er sieht wieder zu Emil, in Erwartung einer Regung, doch der ist mit etwas ganz anderem beschäftigt. Sein Blick sucht den Boden ab, weil er wissen will, was ihm aus der Tasche gefallen ist.

»Ist etwas nicht in Ordnung?« Dem Kommissar ist Emils besorgter Gesichtsausdruck nicht entgangen. »Suchen Sie nach etwas, was Sie gerade eben haben fallen lassen? Ich dachte, ich hätte was gehört.«

Emils Mundwinkel rutschen ein Stück nach unten. Die tiefe Stimme des Kommissars hat einen angenehmen Klang, aber in dieser Situation jagt sie ihm einen Schauer über den Rücken.

»Nein, schon gut«, sagt Emil schnell, schaut wieder auf, schluckt und bemüht sich, nicht so verdammt nervös zu wirken. Hastig wischt er sich die Spuren seiner Tränen aus dem Gesicht.

»Was haben wir denn da?« Der Kommissar geht in die Hocke.

Aus seiner Perspektive kann Emil nicht mit Bestimmtheit sagen, was seinem Gegenüber da ins Auge gefallen sein könnte.

»Mhm«, macht der Kommissar, steckt das Notizbuch wieder ein und dreht sich langsam zurück zur Tür, die offen steht. Ohne Emil aus den Augen zu lassen, ruft er laut: »Kann mir bitte jemand eine Tüte reichen? Ich habe da möglicherweise etwas Interessantes entdeckt.«

Eine weitere Person erscheint im Raum. Ein gewöhnlicher Polizist. Er händigt seinem Vorgesetztem eine Plastiktüte und einen blauen Einweghandschuh aus.

»Danke«, sagt der Kommissar kurz angebunden und hochkonzentriert. Routiniert stülpt er sich einen Handschuh über die rechte Hand, öffnet ohne Hast die Tüte und mithilfe eines Kugelschreibers, den er aus der Brusttasche seines Jacketts nimmt, manövriert er einen kleinen Gegenstand gekonnt in die Öffnung des durchsichtigen Asservatenbeutels.

»Sie leiden doch nicht etwa an Skorbut?«

»Wie bitte?« In Emils Kopf tost das Blut wie ein Wasserfall.

Kommissar Michelberg streckt seinen Arm in Emils Richtung aus und zeigt ihm das Objekt. »Ich habe hier einen Zahn. Irgendwelche Ideen dazu – zum Beispiel eine plausible Erklärung dafür? Die Kollegen waren hoffentlich nicht derart grob zu Ihnen?« Er steht auf und macht einen Schritt auf den eingeschüchterten Emil zu.

»Nein. Welcher Zahn? Könnte vielleicht von einer Wildsau oder sonst einem Tier stammen. Diese Weste trage ich für gewöhnlich, wenn ich auf die Jagd gehe, wegen der Bewegungsfreiheit.«

»Mhm«, macht der Polizist wieder und nimmt neben Emil Platz. »Eine Sau oder sonst irgendein Tier, das einen Zahnarzt aufsucht?«, fragt er und gibt ein kurzes, bitteres Lachen von sich. »Der Zahn wurde verplombt, mit Amalgam. Das arme Schwein war wohl nicht privat versichert?« Er betrachtet den Zahn eingehend.

»Was soll das alles hier? Vielleicht prügeln Sie hier auf Menschen ein, wenn Sie Ihnen nicht das liefern, was Sie erwarten. Vielleicht hat einer von denen den Zahn verloren«, begehrt Emil auf und wagt einen kurzen Seitenblick auf die Tüte.

»Das tun wir ganz bestimmt nicht. Diese Kamera dort oben zeichnet alles auf.« Der Polizeibeamte deutet hoch zur Ecke.

Emils Blick folgt dem ausgestreckten Zeigefinger. Er holt tief Luft.

»Ich bin kein Tierarzt, aber …«, Kommissar Michelberg legt eine effektheischende Pause ein und sieht Emil ernst an, bevor er weiterspricht, »wie betäubt man eigentlich ein Schwein, während einer Zahnbehandlung?«

»Gehört das zu Ihrer Taktik? Ich verstehe nichts. Was soll das ganze Theater hier?« *Und wo bleibt Peter?* Emil wischt sich hastig den Schweiß von der Stirn. Seine glatt rasierten Wangen brennen wie Feuer.

»Sie sind ja ganz rot im Gesicht. Wollen Sie einen Schluck Wasser?«

»Ich will nach Hause.«

»Das dürfen Sie, nachdem wir uns beide ausführlich über den Ablauf der letzten Tage unterhalten haben.«

»Wieso wurde ich überhaupt abgeführt?«

»Wurden Sie nicht. Die Kollegen haben Sie nur begleitet. Keiner hat Sie gezwungen, mitzukommen. Sie kooperieren und das rechne ich Ihnen hoch an. Der Grund, weshalb Sie hier sind, ist folgender: Ein junger Mann ist spurlos verschwunden, was an sich noch kein Grund zur Sorge wäre, hätte seine Partnerin nicht einen kurzen, aber sehr besorgniserregenden Videoanruf erhalten. Weil wir uns in der Verantwortung sehen, jeden Bürger vor Gefahr zu schützen, gehen wir der Sache nach. Zudem kommt noch Ihre Akte.«

»Ich habe Richard damals nicht erschossen. Es war ein schrecklicher Unfall. Ein Jagdunfall. Man hat mich auch freigesprochen.«

»Und als Wiedergutmachung vor dem Herrn haben Sie sich dazu entschlossen, seine Frau zu heiraten und die

Tochter zu adoptieren? Der guten alten Zeiten wegen oder steckte eine andere Absicht dahinter?«

»Das sind unhaltbare Anschuldigungen.«

»Möglich. Aber Sie wissen, dass Mord in Deutschland nicht verjährt?«

»Das sind alles Spekulationen, die mich dazu verleiten sollen, mich selbst zu belasten. Ich will meinen Anwalt sprechen.«

»Das ist Ihr gutes Recht. Sobald Ihr Anwalt da ist, komme ich mit meiner Kollegin wieder und wir unterhalten uns, bezüglich des ›Schweinezahns‹.« Beim letzten Wort malt er bedeutungsvolle Gänsefüßchen in die Luft, erhebt sich von seinem Stuhl und verlässt den Raum.

Emil legt sich die Hand auf die Brust und holt tief Luft. Sein Herz rast und pocht schmerzhaft gegen die Rippen.

Wo habe ich mich da schon wieder reingeritten?, fragt er sich und blinzelt schnell ein paar aufsteigende Tränen weg, weil die Tür wieder aufgeht.

Der unscheinbare Polizist von vorhin erscheint und reicht Emil ein schnurloses Telefon. »Sie dürfen Ihren Anwalt kontaktieren«, sagt er tonlos und wartet darauf, dass Emil nach dem Gerät greift. »Wollen Sie in der Zeit etwas zu trinken haben?«

»Ja, gern«, erwidert Emil mit rauer Stimme und streckt seine zitternden Finger nach dem Telefon aus. Die Erkenntnis, dass er dieses Mal nicht so glimpflich davonkommen wird wie damals, wurmt ihn. Aber seinen Sohn würde er selbst dann nicht verpfeifen, wenn er für den Rest seines Lebens in den Knast gehen müsste. Oder doch?

»Ich kenne die Nummer aber nicht auswendig, dazu brauche ich …«

»Sie können Ihren Anwalt googeln«, bleibt der Polizist ruhig und schaut in den Flur. »Kann mir jemand eine Flasche Wasser …« Er stockt, sieht zu Emil und fragt: »Wollen Sie lieber eine Cola oder Limonade? Sagen Sie mir den Namen Ihres Anwalts ich gebe diesen dann in die Suchmaschine ein.«

Bier wäre mir lieber, überlegt Emil und sagt laut: »Wasser ist okay. Peter Schäfer.«

»Ein Wasser bitte!«, ruft der Beamte in den Flur und bleibt dann wieder vor Emil stehen. »Ich leiste Ihnen derweil Gesellschaft.« Der Polizist holt sein Smartphone heraus und gibt den Namen ein. »Schäfer sagten Sie?«

Emil nickt.

»Da ist er ja. Sie können jetzt die Zahlen eingeben.«

»Der Anruf ist aber vertraulich«, sagt Emil, nachdem er die Ziffern eingegeben hat.

»Nein, ist er nicht«, widerspricht der Polizist lächelnd. »Sie wollen ja schließlich nur einen Anwalt kontaktieren. Bitte«, er zeigt auf das Handy und nickt knapp.

Emil schließt für eine Sekunde die Augen, holt tief Luft und drückt auf die grüne Taste.

23

IM WALD

Ich kann Viktor nirgends finden und mir bleibt nicht mehr viel Zeit. Alles hat sich mit dem Auftauchen der Polizei geändert. Ich muss schnell handeln und meine Taktik ändern.

Die Tür zur Hütte ist zu meiner Erleichterung noch immer versperrt. Mit der Taschenlampe in einer Hand und dem Schlüssel für das Schloss in der anderen, mache ich mich daran, die Tür zu öffnen, was mir trotz der Hektik auf Anhieb gelingt.

Edward liegt auf dem Boden in einer Pfütze. Er hat sich wieder eingenässt. Der Glaskolben steckt zwischen seinen Fingern. Die Luft stinkt nach Erbrochenem, Urin und dem Zeug, das Edward kürzlich inhaliert hat.

Die Glut im Ofen schimmert leicht.

Ich setze mich vor Edward auf die Fersen, achte aber darauf, nicht in die Pfütze und die stinkende Lache seines Erbrochenen zu treten.

»Hey, du! Aufwachen!« Ich schüttle Edward und klatsche ihm gegen die Wangen. Sein Kopf wackelt hin und her, die Lider flackern. Er murmelt, schmatzt und leckt sich die Lippen.

Ich stehe wieder auf und sehe mich hastig um. Aus dem Rucksack ragt ein Kabel. Ich ziehe daran und atme erleichtert aus. Edward hat sein Handy an eine Powerbank angeschlossen, die wohl in seinem Rucksack lag. Der Akkubalken ist zu drei Vierteln voll.

Ich wische über das Display. *Passwortgeschützt? Oder mittels Gesichtserkennung?* Ich probiere es aus, ziehe das Kabel ab und halte den Bildschirm vor Edwards bleiches Gesicht. Der Verzweiflung nahe will ich schon laut aufschreien, weil das Handy seine verzerrte Visage nicht erkennen will. In meiner Not hebe ich seine Lider an und halte die Kamera jetzt etwas weiter weg. Nach einer weiteren Schrecksekunde passiert endlich das, worauf ich sehnlichst gehofft habe.

»Ich habe es entsperrt!« Dieser freudige Satz kommt wie ein Siegesruf aus meiner Kehle. Ohne lange zu überlegen, wähle ich mich in die Einstellungen ein und verstelle die Sicherheitsbedingungen, bestätige diese Option mit Edwards Visage und entscheide mich für eine Zahlenkombination, die ich mir leicht merken kann.

»Ich hoffe, du krepierst heute Nacht nicht, Edward. Bitte, halte noch ein bisschen durch.« Ich scrolle mich durch die Bilder auf seinem Handy. Auf einigen lacht er in die Kamera und posiert vor Hintergründen wie wuchtigen Bäumen mit knorrigen Ästen oder einem reißenden Bach. »Erfrieren wirst du hoffentlich nicht.« Schnell werfe ich noch mehrere Scheite in den Ofen, puste in die Glut, bis sie richtig brennen und schaue nebenbei nach, wen er alles angerufen oder es zumindest versucht hat. Natalie. Dieser Name taucht am häufigsten auf. Auch auf WhatsApp. Er hat ihr sogar ein kurzes Video geschickt. Ich drücke auf den Play-Button.

Alles ist verwackelt und dunkel. Äste, Licht und man hört Edwards aufgeregte Stimme. Der Film ist nur wenige Sekunden lang. Ich spiele ihn ein zweites Mal ab und drehe die Lautstärke auf. Durch das Knacken der Äste sind seine Worte kaum zu verstehen. *»Sie haben auf mich geschossen!«* Hat er das tatsächlich so gesagt? Ich drücke wieder auf Play und halte mir den Lautsprecher nun direkt ans Ohr. *»Sie haben auf mich geschossen!«*, höre ich wieder, und dann wird mir plötzlich klar, warum die Polizei Emil mitgenommen hat.

Manchmal findet man mit etwas Glück, auch hier mitten im Nirgendwo, eine Stelle, wo man Handyempfang hat. Edward hatte also Glück im Unglück und konnte dieses kurze Video an Natalie weiterleiten, in der Hoffnung, sie würde nach ihm suchen lassen, was sie auch getan haben muss. Die Behauptung, dass man auf ihn geschossen hatte, war ein triftiger Grund für polizeiliche Maßnahmen. Nur suchte die Hundestaffel auf der falschen Seite des Waldes.

»Ich bin bald wieder da«, verspreche ich Edward, richte die Linse der Handykamera auf seine Hand, in der er den Glaskolben hält und mache mehrere Fotos. Mit dem brennenden Kamin im Hintergrund. Das alles werde ich später an seine Freundin weiterleiten, mit der Botschaft, dass der Schuss nur ein Fehlalarm gewesen ist und Edward sich da im Rausch etwas eingebildet haben muss.

Nachdem ich einen letzten Blick auf ihn geworfen habe, verlasse ich die Hütte und laufe zurück nach Hause, bevor die Nacht endgültig hereinbricht.

24

EMILS HAUS

Ich bin todmüde, doch bevor ich das Haus betrete, verschicke ich die Fotos an Natalie und schreibe: *»Hi du! Echt sorry. Mach dir keine Sorgen, mir geht's gut, habe nur etwas Kopf und Rücken vom Laufen.«*

Ich orientiere mich am Schreibstil der vorangegangenen Nachrichten, die ich schnell durchgestöbert habe, damit diese Finte nicht sofort auffliegt. Dann warte ich, bis die beiden Häkchen blau aufleuchten.

Natalie schreibt steht in der oberen linken Ecke.

»Ich hatte mir da zu viel eingebildet«, schiebe ich schnell noch hinterher und füge noch ein lachendes Zwinkersmiley hinzu.

»Wo bist du, verdammt? Die Polizei sucht nach dir und ich komme um vor Sorge.«

»Ich dachte, zwischen uns wäre alles vorbei und noch mal echt sorry, aber bitte keine Bullen. Habe das Zeug bei mir, das ich geraucht habe.«

»Ich dachte du willst damit aufhören, du verdammtes Arschloch!«

»Ich war das Faktotum unserer Beziehung«, schreibe ich und bediene mich damit einer geschwollenen Ausdrucksweise, die in Edwards vorherigen Nachrichten manchmal aufgetaucht war.

»Ein was???«

»Ein Mädchen für alles«, tippe ich schnell und füge ein Kotzsmiley hinzu.

»Du bist ein aufgeblasenes Arschloch, das sich hinter Begriffen versteckt, mit denen ich noch nie etwas anfangen konnte.«

Ich atme erleichtert aus. Natalie hat es geschluckt.

Ein Auto nähert sich dem Hof. Ein Polizeiwagen.

Ich verstecke mich hinter der Scheune. In meinem Zimmer brennt kein Licht und dennoch glaube ich, dort oben im Fenster ein scheues Aufleuchten erkannt zu haben. Aber das kann ich mir auch eingebildet haben.

Das Auto bleibt vor dem Tor stehen.

Emil steigt aus.

»Das wird noch einen Prozess nach sich ziehen, das sage ich Ihnen!«, ruft er dem Auto hinterher, als dieses wieder wegfährt.

»Ich melde mich später« Ich schicke die nächste Nachricht ab.

»Du bist für mich endgültig gestorben!!!«

»Bitte keine Bullen.«

Auf dem Bildschirm taucht ein haariger Stinkefinger auf. Die Botschaft ist angekommen.

Emil zündet sich eine Zigarette an und geht durch das Tor. Auf dem Hof bleibt er stehen, legt den Kopf tief in den Nacken und gibt ein leises Stöhnen von sich. »Diese verdammten Bullen und das verdammte Kind!«, sagt er und macht einen weiteren Zug.

Ich traue mich nicht, mein Versteck zu verlassen und lasse Emil nicht aus den Augen. Er steht im Flutlicht der Außenbeleuchtung.

Ich weiß nicht, wie lange wir so dastehen, aber nachdem meine Zehen beinahe zu Eiszapfen geworden sind, erklingt eine lustige Melodie.

Zuerst glaube ich, dass ich mich mit Edwards Handy verraten habe, aber dann sehe ich erleichtert, wie Emil fluchend die rechte Hand in die Hose schiebt und sich sein Handy ans Ohr drückt.

»Ja. Danke, Peter.«

Peter ist sein langjähriger Freund und Anwalt, der mich mithilfe seiner Frau daran gehindert hat, das dunkle Geheimnis nach außen zu tragen, das Emils Männerrunde hütet. Frau Doktor Schäfer ist die Kinder- und Allgemeinärztin unseres Dorfes. Sie hat all meine Verletzungen kuriert, wissend, dass ich mir diese nicht selbst zugefügt haben konnte. Sie hat mir auch regelmäßig Krankmeldungen für die Schule ausgestellt. Lisbeth Schäfer ist eine Frau, die ihrem Gatten auf absurde Weise hörig ist und sich gegen keinen seiner Einwände auflehnt. Denn falls sie es doch mal tut, bekommt sie sofort die schmerzhafte Quittung dafür. Ihren Willen hat Peter durch eine Gruppenvergewaltigung vor meinen Augen brechen lassen. Ich war kaum sieben Jahre alt und musste mitansehen, wie auf Lisbeth Schäfer eingeschlagen wurde. Als sie sich nicht mehr rühren konnte, fiel die Gruppe wie eine Meute notgeiler Hunde über sie her. Einer nach dem anderen hat sie vergewaltigt und am

Ende haben sie ihr damit gedroht, es wieder zu tun, falls sie nicht brav die Schnauze hält.

»Dieser Schnösel im Anzug hat behauptet, die Parallelen seien eklatant«, reißt mich Emils Stimme aus meinen Gedanken. Dann schweigt er wieder und hört Peter zu.

»Sie werden mich im Auge behalten und ich darf Waldhausendorf nicht ohne deren Einwilligung verlassen«, sagt Emil schließlich. »Du hättest einen besseren Deal für mich aushandeln können!«

Ich lausche dem einseitigen Dialog weiter und folge Emil mit meinem Blick. Er geht auf das Haus zu. Splitt knirscht unter seinen Schuhen. »Was sagst du? Du bekommst einen eingehenden Anruf von der Polizei?« Vor der Tür bleibt er stehen und lehnt sich gegen die Wand. Er wartet draußen, weil der Empfang im Haus beschissen ist. »Der Typ hat sich bei seiner Ex gemeldet? Was bedeutet das? Die Anschuldigungen werden zurückgezogen?«, wiederholt Emil alles, so als müsse er sich vergewissern, sich nicht verhört zu haben. »Das muss gefeiert werden!«, jubelt Emil.

Ich habe diesen Peter genau vor Augen. Androgyn, schmalgliedrig, schlecht blondiertes Haar, das so dünn ist, dass man seine von Schuppenflechte überwucherte Haut hindurchschimmern sehen kann. Stets ein fieses Lächeln auf den Lippen.

»Was sagst du? Bist du noch bei Trost, Peter?« Die Stimmung kippt. »Du willst was? Aussteigen? Weil dir alles zu heiß wird?«

Emil verschwindet im Haus. Die Tür fällt krachend ins

Schloss. Drinnen schreit er entweder meine Mutter oder Gert an. Etwas kracht zu Boden. Noch mehr Schreie.

Die Tür fliegt schwungvoll wieder auf und beinahe aus den Angeln. Es ist Gert, der herausgestürmt kommt. Schreiend schleudert er etwas im hohen Bogen in meine Richtung. Es ist sein Baseballschläger, der nur einen halben Meter neben mir im Dreck landet. Emil folgt ihm nach draußen und schaut hoch zum Nachthimmel. Gert schubst seinen Vater zur Seite und geht zurück ins Haus.

Vor der Tür bleibt Emil stehen.

Er kann mich nicht gesehen haben, dennoch entscheide ich mich dazu, sofort zu verschwinden, zumal ich noch etwas zu erledigen habe. Ich muss unbedingt bei Viktor vorbeischauen und ihn in meinen Plan einweihen.

25

ZWEI STUNDEN SPÄTER

Horst ist immer noch geschockt von den Bildern, die sich in sein Hirn eingebrannt haben. Sobald er blinzelt, sieht er ununterbrochen die blutverschmierten Hunde vor seinem inneren Auge auftauchen. Er taumelt, weil er sich wegen des Schocks eine Flasche Selbstgebrannten genehmigt hat, um die blankliegenden Nerven zumindest ein wenig zu besänftigen.

Sein Magen meldet sich mit einem sengenden Stechen. Er hätte doch auf Lisbeth hören und sich einer Darmspiegelung unterziehen lassen sollen. Und weil er selbst schon auf dem Weg zu Peter ist, könnte er ja Lisbeth darum bitten, ihm etwas für den Magen zu besorgen. Horst bleibt stehen, schaut nach rechts und links, überquert schnell die Straße und wählt Peters Nummer. Es ist besetzt, aber im Haus brennt Licht und Peter pflegt bisweilen, die Tür nicht abzuschließen.

Horst klingelt, aber selbst nach mehreren Versuchen öffnet niemand die Tür, obwohl er glaubt, hinter einem der Fernster einen Schatten erkannt zu haben.

Er nimmt den golden schimmernden Knauf in die Hand und dreht daran. Widerstandslos lässt sich die Tür öffnen, aber auf dem halben Weg stößt sie gegen etwas, das sie daran hindert, vollends aufzugehen. Die Tür wird von der anderen Seite blockiert.

Mit ungutem Gefühl verharrt Horst für einen Moment und lauscht in die Stille. Vorsichtig schiebt er seinen Kopf durch den Spalt. Mit trockener Kehle ruft er in den schummrigen Flur: »Peter, bist du da?«

»Komm rein!« Das Rufen seines Kumpels durchdringt die gespenstisch wirkende Stille. »Ich bin im Wohnzimmer.«

Horst erhöht den Druck und sieht nach unten. Auf dem Boden liegt ein Baseballschläger, der Emil gehört. Die Tür wird aber vom Teppich blockiert, der nicht an seinem gewöhnlichen Platz liegt und Wellen wirft.

»Ist Emil bei dir?«, will Horst wissen. Er tastet nach dem Lichtschalter.

»Komm jetzt!«, fordert Peter ungehalten. Horst entscheidet sich dazu, die Schuhe nicht auszuziehen und beim nächsten Schritt spürt er etwas Hartes unter seinem rechten Fuß. Das knirschende Bersten von Glas verstärkt sein mulmiges Gefühl.

Rechts von ihm ist das Wohnzimmer. Dort ist es hell und …

Wie erstarrt bleibt Horst im dunklen Flur stehen. Als stünde er unter Hypnose, sieht er nach oben. Die teure Leuchte, mit der Ludwig immer angegeben hat, weil die Facetten angeblich aus echtem Kristall sind, ist nicht mehr da. Nur zwei dünne Kabel ragen aus der Decke.

»Es tut mir echt leid«, sagt Peter und zwingt Horst

dazu, den Blick wieder zu senken. Die auf dem Boden verstreuten Glasscherben glitzern wie Diamanten.

»Horst, komm bitte ins Wohnzimmer.«

Er folgt dem Ruf.

Peter ist leichenblass. Seine Frau liegt reglos zu seinen Füßen in einer schwarzen Lache.

Lisbeths Gesicht ist vollkommen deformiert. Offenbar wurde unzählige Male mit einem Schläger darauf eingeschlagen.

»Es tut mir leid, Horst«, sagt Peter zu seinem Kumpel, als ob es sich um dessen Frau und nicht um seine eigene handelt. Er ringt sichtlich um Fassung. Peter steht auf wackeligen Beinen, die senffarbene Hose ist im Schritt dunkel. »Ich hatte keine andere Wahl.« Peters Lippen zucken nervös. Ein dünner Speichelfaden hängt an seinem Kinn und zieht sich in die Länge. Das Haar klebt nass an seiner ungesund aussehenden Kopfhaut. Mit zitternden Armen klammern sich seine Finger um den Knauf einer Pistole.

»Peter, nicht!«, schreit Horst. Erschrocken starrt er in den Lauf, der auf sein Gesicht gerichtet ist. »Nein!« Er will sich ducken, doch schon löst sich der erste Schuss. Die Kugel saust an Horsts Ohr vorbei und bleibt hinter ihm in der Wand stecken.

»Scheiße!«, flucht Horst, wirft sich zu Boden und spürt kurz darauf einen heftigen Stoß an seinem Hinterkopf. Der Druck ist überwältigend. Er reißt den Mund zu einem Schrei auf und sieht zum letzten Mal in seinem Leben sein eigenes entgeistertes Gesicht in dem mannshohen Spiegel, der im Flur an der Wand hängt. Zuerst explodiert der Kopf, dann das Spiegelglas. Horsts toter

Körper zuckt noch eine Weile und bleibt schließlich reglos liegen.

»Gut«, hört Peter den Mörder sagen, der sich ihm nähert. »Die Polizei wird denken, dass du Horst für einen Eindringling gehalten und ihm den Kopf weggeballert hast. Der Kreis schließt sich, und ich bin fein raus aus der Sache.«

Peter schließt die Augen. Er weiß, dass in der Pistole nur zwei Kugeln waren, darum lässt er sich die Waffe widerstandslos aus den Händen nehmen.

Er hört, wie eine dritte Patrone hineingeschoben und die Waffe durchgeladen wird. Peter schluckt heftig. Sein Adamsapfel hüpft auf und ab. »Bitte, tu das nicht!«, fleht er darum, verschont zu werden.

»Halts Maul!«, herrscht ihn die Stimme an.

Peter spürt den Druck auf seiner Stirn. Der Lauf frisst sich schmerzhaft in seine Haut. Das Metall der Mündung ist heiß.

Peter hält die Luft an und wartet auf den lauten Schuss. Stattdessen bohrt sich etwas Scharfes in seine Kehle. Der Schmerz, der mit der Erkenntnis einhergeht, dass sein Leben ein Ende gefunden hat, ist messerscharf und tut höllisch weh. Erschrocken reißt er die Augen auf und sieht seinem Mörder ins Gesicht.

Du?, denkt er und kann kaum fassen, wer sich die ganze Zeit hinter der Maske versteckt hielt. Hinter seiner Maske, die jahrelang an der Wand in seinem Schlafzimmer hing.

All die Jahre hatte er diese aus Teakholz geschnitzte, mit bunten Farben bemalte, breit grinsende Fratze mit zu den Abenden genommen, an denen Emil ihn und seine Kumpels über seine Stieftochter herfallen ließ.

»Wie?«, stößt Peter seine Verwunderung kaum hörbar hervor, als ihm kurz darauf die Beine versagen.

Seine Frage bleibt unbeantwortet. Die Maske fällt zu Boden.

Alles um ihn herum löst sich in einem weißen Nebel auf.

26

RÜCKBLENDE, 19:30 UHR

Leicht außer Atem erreiche ich das Haus von Viktors Großeltern und schaue hoch. In seinem Zimmer brennt Licht. Nachdem ich mehrmals geklingelt habe, geht tatsächlich die Gegensprechanlage an.

»Ja?«, vernehme ich Viktors Stimme, die irgendwie belegt klingt, so als hätte er geheult.

»Ich bin's. Ist deine Oma da?«, frage ich, wobei ich meine Stimme senke und mich ganz dicht an den Lautsprecher beuge.

»Nein, was willst du von ihr?«, fragt er patzig.

»Nichts, lass mich einfach rein!«

Der Schließmechanismus scheppert so laut, dass ich zusammenzucke. Hastig drücke ich die schwere Tür auf und betrete das Innere des Hauses, in dem die Luft nach frischgebackenen Keksen duftet. Mein Magen verkrampft sich, weil ich heute noch nichts gegessen habe.

»Was willst du hier?« Viktor steht mit glasigem Blick vor mir, die Augen rot und verquollen. Der darin liegende Ausdruck wirkt dümmlich. Das Geheimnis, das sich hinter seiner Stirn verbirgt, soll keinesfalls gelüftet werden.

»Was ist denn in dich gefahren? Was ist los? Warum bist du auf einmal so patzig, Viktor?«

»Wer ist der Typ in der Jagdhütte?« Er lehnt sich mit der Schulter gegen die Wand, die Arme provokativ vor der Brust verschränkt. »Hältst du mich für so dämlich? Ich war dort, abends, als du längst weg warst. Ich musste die Tür nicht mal aufbrechen, da ich einen Zweitschlüssel habe. Von meinem Opa – ihm gehört schließlich die Hütte. Und dieser Typ hatte ganz schön viel von dem Zeug dabei. Ich glaube, so hat er sich seine Reise finanziert. Im Rucksack fand ich mehrere Tütchen mit weißem Pulver und feinstem Gras. Alles schön portioniert, wie bei einem Profi-Dealer. Du hättest ihn besser durchsuchen müssen.« Er grinst schief und schnieft immer wieder, als hätte er sich gerade eben was reingezogen. »Habe all die Zeit nichts davon gesagt, weil ich nicht wusste, was du vorhast.«

»Du hast was von seinem Zeug probiert!«, pariere ich seine Frage mit dieser Feststellung, die sein unerklärliches Auftreten erklärt.

Er kaut auf der Unterlippe. Die Oberlippe ist angeschwollen, glänzt und sieht aus, als hätte man ihm dort eine Murmel eingenäht.

»Hast du dich etwa mit Edward um seine Drogen geprügelt?«

»Heißt er so, ja?« Er bleibt aufmüpfig. Aber seine Scharade bekommt Risse. Die Maske, hinter der er sich versteckt, bröckelt.

»Wer hat dir die Lippe blutig geschlagen und wo ist

Gisela?«

»Sie macht eine Welttournee mit ihrem neuen Stecher.«

»Was?« Nun verstehe ich überhaupt nichts mehr.

»Die ist weggefahren, mit ihrem Chor. Kommt erst in einer Woche wieder. Sie glaubt, Opa verbringt die Tage in der Hütte, weil er schon wieder zu saufen angefangen hat.« Er legt den Kopf zur Seite. »Und das da war dein Stiefbruder.« Er zeigt auf die angeschwollene Lippe.

»Was wollte Gert von dir?«

»Er wollte wissen, wo mein Opa sich versteckt. Er war bei diesem Ludwig. Weißt du, dass er von seinen Hunden zerfleischt wurde?«

Ich ignoriere seine Frage. »Aber da ist noch mehr?«

»Ich habe mich womöglich bei der Polizei gemeldet und mich gestellt.«

»Was?«, schreie ich beinahe laut. »Was heißt das nun schon wieder?«

Viktor stellt sich aufrecht hin, zupft an den Hemdsärmeln und kommt zwei Schritte auf mich zu. Seine dunkle Hose ist genauso zerknittert wie das Hemd, das Haar ist an einer Seite plattgedrückt. »Ich habe nur einmal an dem Ding gezogen und war für eine Weile weg.«

»An was für einem Teil hast du gezogen?«

»Ich bin nicht ganz aufrichtig zu dir gewesen.« Er senkt den Kopf, holt das Handy aus der Gesäßtasche heraus und reicht es mir. »Ist nicht gesperrt. Schau dir das Video an.«

»Was für ein Video?« Ich taumle rückwärts und hebe die Hände in Höhe, weil ich das Video nicht sehen möchte.

»Komm mit!« Er nickt mit dem Kopf in Richtung Wohnzimmer. »Kommst du?«

»Nicht, bevor du mir nicht gesagt hast, was da genau zwischen dir und der Polizei abgelaufen ist.«

»Wie gesagt. Ich war noch mal in der Hütte. Da lag der Kerl, er war wach, hat mich angefleht ihn da rauszuholen. Dann hat er gemeint, ich hätte ihn über den Haufen gefahren. Nachdem wir mehrmals an seiner Bong gezogen haben, habe ich mich dazu entschieden, die Polizei darüber zu informieren und mich zu stellen. Aber ich bekam keine Verbindung zustande. Sonst hätten die mich schon längst geholt, oder?«

»Und dann hast du Edward einfach dort liegen lassen?«

»So wie du auch?«

»Ich habe nach dir gesucht, überall, weil ich es ohne dich nicht schaffe, ihn dort wegzuschaffen. Ich glaube, er ist schwer verletzt. Bin mir sogar ziemlich sicher.« Tränen schwimmen in meinen Augen, weil das alles zu viel ist für mich. »Warum hat Gert dich verprügelt?«

»Das habe ich dir schon erzählt.«

Ich schüttle den Kopf. »Viktor, sag mir die Wahrheit.« Wie ferngesteuert taste ich nach dem Stilett und hole es hervor. »Sonst schneide ich dich in Stücke. Ich schwöre es bei Gott.«

»Sieh dir einfach das Video an, dann verstehst du vielleicht, warum dein Bruder nicht ganz dicht ist.«

Er streckt wieder den Arm aus. Dieses Mal nehme ich sein Handy, wische über das Display und drücke auf den Play-Button.

Ein Junge taucht auf. Die Qualität der Aufnahme ist

schrecklich. Es wackelt und ich höre jemanden aus dem Off atmen.

»Wer ist das? Gert? Und das hier?« Ein nackter Mann liegt auf dem Boden.

»Das bin ich, und das da ist dein Vater.«

Das Handy rutscht mir aus den Fingern und kracht auf den Boden.

Alles um mich herum taucht hinter dem heißen Tränenschleier unter. Ich bekomme kaum Luft und falle hin.

»Du bist ein Lügner. Mein Vater war nicht so.«

»War er auch nicht«, ertönt Viktors Stimme neben meinem Ohr. Wir beide kauern auf dem Boden, ich liege in seinen Armen. Erst nachdem ich mich einigermaßen gefangen habe, berühre ich seine Hand und stelle ihm die Frage, die mich all die Zeit beschäftigt hat: »Was hat mein Vater getan?«

»Er wurde dazu gezwungen.«

»Und was hat Gert mit der Sache zu tun?« Ich richte mich auf und lehne mich mit dem Rücken gegen die Wand.

»Da ist noch mehr. Viel mehr, was ich dir zeigen möchte. Ich habe Gert mit diesem Video konfrontiert, weil ich ihn vor Ludwigs Haus getroffen habe, dann ist er komplett ausgerastet. Hat mich zusammengeschlagen und ist verschwunden. Ich habe das Versteck mit den Kassetten gefunden. Oben auf dem Dachboden, hinter einer Wand.«

»Welches Versteck?«

»Dort, wo mein Opa die Videos aufbewahrt hat. All die Jahre.«

»Videos?«

»Ja. Er hat alles festgehalten, alle Abscheulichkeiten hat er mit seiner Kamera aufgenommen.«

»Ich will es nicht sehen. Sag mir einfach, ob mein Vater genauso ein Monster war, wie dein Opa und Emil.«

»Sie müssen ihn unter Drogen gesetzt haben. Ich denke, Lisbeth hat deinem Vater etwas gespritzt. Dein Vater und sie haben sich auf einem der Videos heftig gestritten, dann aber ist er plötzlich ganz ruhig und folgsam geworden.«

»Hat er sich an dir vergangen? Hat mein Vater dir wehgetan?«

»Nein. Die Tür war nicht versperrt. Es geschah im Schlachtraum. Sie haben alles so in Szene gesetzt, damit dein Vater den Mund hält, weil er den Männern auf die Schliche gekommen ist; jedenfalls vermute ich das. Ich habe mir nicht alles ansehen können. Es war nur eine Kassette von vielen. Ich saß in der Ecke, dein Vater stand nackt vor mir, als plötzlich Gert die Tür aufriss, weil er laute Stimmen gehört hat und nachsehen wollte, was da vor sich ging. Hier.« Gegen meinen Willen lässt er das Video ablaufen und hält mir sein Handy vor die Augen. Darauf ist Gert zu sehen, der mit weit aufgerissenen Augen in die Kamera schaut. Sein Mund ist verschmiert, weil er zuvor Schokolade oder Pudding gegessen haben muss. Er will weglaufen, aber Emil versperrt ihm den Weg. »Es tut mir leid mein Sohn«, sagt Emil im Video zu Gert, nimmt den Baseballschläger, holt weit aus und lässt ihn auf den Kopf seines Kindes niedersausen.

»Gert hätte auch tot sein können«, murmelt Viktor.

»Ich muss hier weg. Wir brauchen dieses Videomaterial. Alles, verstehst du?«

Viktor nickt.

»Steck alle Kassetten in eine Kiste. Derweil besorge ich uns einen Wagen.«

»Und was ist mit Edward?«, will Viktor wissen. »Ich kann die Schrottkarre von Opa nehmen.«

»Okay. Du holst den Wagen und sicherst das Videomaterial. Ich kümmere mich um Edward.« Ich laufe in die Nacht hinaus und wähle den Notruf.

»Pia, warte!«, hält mich Viktor auf. »Das kann ich nicht tun, ich habe meinen Opa umgebracht.«

»Hast du nicht, du hast nur seine Leiche weggeschafft.«

»Was? Dann habe ich Edward ...«

»Nein, das waren Gert und Emil.«

»Aber ...«

»Für weitere Erklärungen habe ich jetzt keine Zeit. Später, okay? Kümmere du dich um die Kassetten. Und noch etwas: Ich brauche deine Handynummer.«

Viktor sieht mich einfach nur an.

»Deine Handynummer!«

»Was hast du vor?«, will er wissen und zückt sein Handy.

»Ich will, dass das alles endlich aufhört«, sage ich und drücke ihm einen flüchtigen Kuss auf die Wange. »Es muss aufhören, Viktor.«

»Okay«, flüstert er kaum hörbar und diktiert mir seine Nummer.

27

GEGENWART, 21:00 UHR

Emils Handy klingelt unaufhörlich und kreist wie ein auf dem Rücken liegender Käfer auf dem Wohnzimmertisch, der mit zerlesenen Zeitungen und Jägermagazinen überhäuft ist. Nach der heftigen Auseinandersetzung mit seinem Sohn und seiner Frau ist er auf dem Sofa eingeschlafen und sein Schädel brummt nun wie ein Bienenstock.

»So ein verfluchter Mist!«, flucht er und steht umständlich auf. Dabei hält er seinen Kopf mit beiden Händen fest und massiert sich mit den Handballen die Schläfen. »Herrgott noch mal«, macht er seinem Frust Luft und schnappt sich das blöde Ding. Mit vom Schlaf trüben Blick ist der Rand seines Blickfeldes verschwommen. Erst nach dem drittem Versuch gelingt es ihm, über den grünen Punkt auf dem Display zu wischen und die Verbindung herzustellen.

»Ja«, grummelt er dann und sieht auf den Bildschirm. »Hallo?«, sagt er verwundert und drückt sich das Handy fester ans Ohr.

»Emil, ich brauche dich, jetzt«, rauscht Pias panische Stimme aus dem Hörer.

»Was ist los?« Er reibt sich über die Augen und unterdrückt ein Gähnen.

»Bitte, hilf mir! Ich bin bei Peter. Er sagt, die Polizei sucht nach mir, weil ich einen Mann überfahren haben soll.«

»Wen hast du überfahren?«

»Er sagt, die Polizei ...«

Er hört sie schluchzen und wird allmählich ungeduldig, aber er unterbricht sie nicht, weil das, was sie da von sich gibt, blanker Wahnsinn ist. Was führt dieser verfluchte Peter im Schilde? Warum spricht er ohne Emils Einwilligung mit seiner Stieftochter über solche Dinge? Dieser alte Gockel ist schon immer scharf auf das Mädchen gewesen und bekommt den Hals nie voll genug. Er ist immer derjenige gewesen, der die Spiele bis zum Äußersten trieb. Auch die Sache mit den Drogen, die sie Richard, Pias leiblichem Vater, ins Bier gekippt hatten, bevor sie ihn das Glas leeren ließen, war seine Idee gewesen. Aber dieser Schlipsträger war sich dann wiederum zu fein dafür gewesen, Richard in den Kopf zu schießen, als dieser zur Polizei gehen wollte.

»Emil, bist du noch da?« Pias piepsige Stimme holte ihn aus seinen Gedanken.

»Was hat er dir angetan?«

Nicht, dass er sich um ihr Wohl sorgt, aber sie ist sein Besitz und niemand fasst ohne Erlaubnis etwas an, das ihm allein gehört.

»Er hat Tankreds Kamera geholt.«

»Wir filmen nicht mehr«, knurrt er in den Hörer.

»Und er meint, wenn ich mit ihm schlafe, wird er mir das Video zeigen, auf dem zu sehen ist, dass du meinen Vater erschossen hast.«

»Dieser Wichser!« Emil beißt die Zähne so fest zusammen, bis seine Kiefergelenke knacken.

»Stimmt das? Hast du meinen Vater erschossen?«

Die Frage kommt so plötzlich, dass Emil keine Zeit hat, zu überlegen oder sie mit einer plausibel klingenden Lüge abzutun. Stattdessen schnauzt er sie an und sagt: »Wäre er ein richtiger Mann und nicht so ein Schlappschwanz gewesen, würde er noch leben. Gib mir Peter!« Den Namen spuckt er wie eine bitter schmeckende Pille aus. »Ich will ihn am Telefon haben.«

»Er kann grad nicht. Ist in der Dusche und …« Pia bricht wieder in Tränen aus. Ihr Schluchzen schluckt den Rest ihres Satzes.

»Halte ihn so lange wie nur möglich hin. Du weißt ja, worauf er steht. Ich habe keinen Wagen, aber ich rufe Ludwig an. Er soll …«

»Ludwig wurde von seinen eigenen Hunden zerfleischt. Peter meint, dass du dahintersteckst. Eine Nachbarin hat dich dabei gesehen, wie du …«

»Ich habe ihm lediglich was zu fressen für seine Viecher vorbeigebracht. Mir reicht's langsam! Bleib wo du bist, diesem Wichser versohle ich seinen faltigen Arsch, sobald ich ihn in die Finger kriege.«

Emil steht auf, blickt sich mit finsterer Miene um, findet aber nicht das, wonach er sucht. Aufgebracht stampft er aus dem Wohnzimmer.

»Wo ist der verdammte Totschläger?«, grummelt er und sucht hektisch nach dem Baseballschläger im Flur, bis ihm einfällt, dass Gert ihn weggeworfen hat, weil Emil mit diesem Ding seiner Frau den verdammten Schädel einschlagen wollte.

Mit hochrotem Gesicht und erzürnt wegen des Verrats und der Anschuldigungen, auch wenn sie größtenteils stimmten, schnappt er sich die Weste und seine schweren Schuhe mit den Stahlkappen. Nachdem er sich angezogen und vergewissert hat, dass die Schlüssel und das Messer noch immer in der Innentasche stecken, stürmt er hinaus in die Nacht.

Der Wind peitscht ihm ins Gesicht. Das Flutlicht der Außenbeleuchtung taucht den Hof in grelles Weiß, das wenige Meter weiter von der Nacht verschluckt wird. Feine weiße Schneeflocken fallen vom Himmel und es entsteht der Eindruck, Myriaden von weißen Insekten würden durch die Nacht schwirren. Der jungfräuliche Schnee bedeckt den Matsch unter einer weißen Decke. Aber für all das Schöne und Einmalige hat Emil keine Zeit. Er wird von einem einzigen Gedanken getrieben: Peter den Kopf zu Brei zu schlagen!

Er überquert den Hof und geht zur Scheune, wo er den Baseballschläger vermutet, aber auch da findet er das Ding nicht, also läuft er, ohne weitere Zeit zu vergeuden, zur Straße.

Ein einzelner Scheinwerfer blendet ihn.

Der Wagen kommt immer näher und der Fahrer hat überhaupt nicht vor, abzublenden. *Das ist Tankreds Ersatzkarre*, dämmert es Emil, weil der Motor genauso aus dem letzten Loch pfeift wie sein Besitzer. *Von wegen überfahren!*

»Hey, du alter Sack, bleib stehen!« Er hebt die Arme in die Luft und winkt seinem Kumpel zu.

Schlitternd kommt der Wagen zum Stehen, aber hinter dem Lenkrad sitzt nicht Tankred, sondern Viktor. Tankreds Enkel, der vor vielen Jahren auf ein Internat gegangen und all das Schöne mit sich genommen hat. Emil hatte diesen Jungen gemocht, ja sogar geliebt, bis Peter mit dieser Idee gekommen war und ihn weggeschafft hatte. Selbst jetzt wird Emils Kehle beim Gedanken daran eng. Wie gern würde er den jungen Mann anfassen und sich mit ihm ins Bett legen. Er spürt, wie es zwischen seinen Lenden warm wird. Aber allem Anschein nach kann sich Viktor an die damalige Zeit nicht erinnern. Der Aufenthalt in der Psychiatrie und der Ortwechsel hatten seine Erinnerungen gewiss ausgelöscht.

Und das ist gut so, findet Emil und lehnt sich gegen die warme Motorhaube des Wagens.

Viktor kurbelt das Beifahrerfenster nach unten und beugt sich in Emils Richtung.

»Pia schickt mich. Sie steckt in Schwierigkeiten«, sagt er und kling wie ein Gehetzter.

»Wir fahren zu Peter. Kennst du den Weg?« Emil umrundet schnell den Wagen und greift nach dem Griff der Beifahrertür. Sie quietscht, lässt sich aber leicht öffnen.

Schwerfällig fläzt er sich in den Sitz und sieht in Viktors Augen etwas, das ihn zögern lässt.

Spielt er ihm die ganze Zeit nur etwas vor?

Ist es die Erinnerung an die erste Nacht, in der Viktor zum ersten Mal von den Männern dazu ermutigt wurde, sich vor der Kamera auszuziehen, damit Lisbeth vor all den gierigen Blicken unten im Keller seine Männlichkeit untersuchen konnte? Oder versteckt sich hinter seinen Augen ein perfider Plan und Emil ist Viktor und Pia auf den Leim gegangen? Denn nach dem Auftauchen dieses Jungen, hat sich Pia in ihrem gesamten Erscheinen komplett verändert.

Emil verwirft den unangenehmen Gedanken, dass die beiden unter einer Decke stecken könnten und schlägt die Tür zu. »Wo ist eigentlich Tankred?«

Viktors Blick kehrt sich nach innen. Er sieht aus, als müsse er eine längst gefällte Entscheidung neu überdenken. Diese geistige Anstrengung scheint ihm dabei enormes Kopfzerbrechen zu bereiten, denn er legt die Stirn in Falten und fasst sich mit beiden Händen an die Schläfen.

»Er ist mit meiner Oma weggefahren. Er will sich mehr für der Kirche engagieren und ist dem Chor beigetreten.«

Emils Augen werden groß und dann stößt er einen so lauten Lacher aus, dass ihm selbst die Ohren weh tun. Dieser kurze Moment nimmt der erdrückenden Situation die Spannung.

Selbst Viktor kann sich ein Grinsen nicht verkneifen und fügt hinzu: »Er gibt sich Mühe, nicht lauter zu singen als der Rest der Truppe.«

»Das würde ich ihm auch nicht raten.« Etwas besserer Laune sieht Emil durch die Windschutzscheibe.

Viktor wendet den Wagen auf der rutschigen Straße, ohne dabei den Bordstein zu touchieren.

Den ganzen Weg zu Peters Haus verbringen die beiden schweigend. Jeder hängt seinen Gedanken nach, bis Viktor vor der Einfahrt stehen bleibt und fragt: »Soll ich mit reinkommen?«

»Nein. Bleib du nur hier.« Emil legt dem jungen Mann seine linke Hand auf dessen rechtes Bein und drückt den strammen Oberschenkel fest zusammen.

Viktors Kiefermuskulatur schwillt an, aber er lächelt und nickt einmal knapp.

»Ich hupe zweimal, falls die Polizei auftauchen sollte.«

»Polizei?«, wundert sich Emil.

»Ja. Sie waren mit ihrem Wagen die ganze Zeit vor Ihrem Haus. Sie haben Sie wohl observiert.«

»Ich glaube du hast dir zu viele von diesen True-Crime-Dokumentationen reingezogen«, sagt Emil und versucht, sich seine Anspannung nicht anmerken zu lassen. Er weiß nämlich auch, dass die Bullen ihn die ganze Nacht im Auge behalten wollten, aber nach dem Anruf von diesem verschollen geglaubten Typen, den Gert über den Haufen gefahren haben soll, sind die Bullenschweine abgerückt.

Peter hatte dazu auch seinen Teil beigetragen und will sich wahrscheinlich für seine Einmischung fürstlich entlohnen lassen, indem er Pia ganz allein vernascht.

»Woher weißt du, dass ich von der Polizei …«

»Gert hat es mir gesagt.«

»Gert?«

Viktor nickt und sagt: »Ich denke, Sie sollten langsam los. Nicht, dass Pia noch tiefer in die Bredouille gerät.«

»Bredouille«, wiederholt Emil, lächelt schief, klopft Viktor noch einmal gegen das Bein und steigt aus.

Wie ein Dieb schleicht er sich bis an die Haustür, drückt

das linke Ohr gegen das kalte, weiß lackierte Holz und lauscht. Dabei merkt er, dass die Tür nicht abgeschlossen ist. Obgleich Peter kein unvorsichtiger Mensch ist, schließt er die Tür manchmal nicht richtig ab. Emil freute sich über diesen *Fauxpas* – ja solche Wörter kennt er auch, benutzt sie aber nie, weil er nicht als ein Besserwisser dastehen will.

Vorsichtig drückt er gegen die Tür und bemerkt, dass er auf Widerstand stößt.

Etwas kullert über den Boden.

Sobald der Spalt breit genug ist, schiebt Emil seinen Kopf hindurch und schaut nach.

Dort auf dem Boden, liegt – *sein Schläger?*

Er schluckt und reibt sich die Wange. Die Haut hat sich nach der Rasur entzündet, fühlt sich heiß an und brennt wie Hölle.

Das hier ist eine Falle und du läufst sehenden Auges hinein, sagt ihm seine innere Stimme. Er sollte sofort die Zelte abbrechen und sich von Viktor zurück nach Hause fahren lassen. Doch als zöge jemand an einem unsichtbaren Faden an seiner Brust, bückt er sich. Aus einem unerklärlichen Grund will er dieses Mal Pias Bitte nachgehen. Seine Finger klammern sich um den vom vielen Schlagen blank polierten Griff. Er macht einen Schritt ins Innere und stellt den Schläger senkrecht an die Wand gelehnt ab.

Für einen Schlag ist hier im Haus nicht genug Platz, überlegt er und greift in die Innentasche seiner Weste. Der Hornknauf seines Messers ist glatt und passt genau in seine Hand, weil er ihn selbst geschnitzt und poliert hat.

Im Flur brennt kein Licht.

Emil schluckt und tastet nach dem Schalter.

Pia hat gesagt, Peter wäre unter der Dusche, aber Emil hört kein Wasser rauschen.

Wo ist Lisbeth?, fragt er sich und bleibt stehen.

Im Schatten des breiten Flurs bemerkt er zuerst das verräterische Glitzern von zerbrochenem Glas. Der Spiegel zu seiner Linken hängt schief an der Wand.

Darin spiegelt sich der fahle Schein der Straßenbeleuchtung und Emil kann nun nicht nur die Konturen erkennen. Immer mehr Details brennen sich in seine Netzhaut ein.

Kleine und große Splitter mit scharfen Kanten liegen auf dem Boden verteilt. Die weiße Wand ist mit roten feinen Punkten besprenkelt.

Nur nicht nach unten schauen!, denkt Emil, aber seine Augen gehorchen ihm nicht.

Keine zwei Schritte vor ihm liegt Horst.

Sein Kopf ist … Emil sucht nach einem passenden Begriff, aber außer ›Mett‹ fällt ihm nichts ein, und plötzlich sieht er das Gesicht dieses aufgeblasenen Polizisten vor seinen Augen auftauchen. Dieser von sich überzeugte Protztyp, wie er den Zahn in die Tüte schiebt und diese vor Emils Augen hält. Mit der selbstverliebten Visage eines Siegers.

Was geht hier eigentlich vor sich?

Emil verspürt ein aufsteigendes Brennen, das aus der Magengrube emporsteigt und seinen Mund mit warmer Säure füllt. Er schluckt die Brühe herunter.

»Pia?«

»Ich bin im Wohnzimmer«, hört er sie antworten.

Emils Hand schließt sich noch fester um den Knauf.

Ich hätte den Schnaps nicht trinken sollen, denkt er und

begreift, dass diese Erkenntnis nicht wirklich hilfreich ist, als im Wohnzimmer das Licht angeht.

Dort gleicht alles einem Schlachtfeld.

Lisbeth liegt auf dem Boden. Ihre Beine sind weit gespreizt. Von hier aus kann er sogar ihren schwarzen Schlüpfer sehen, weil der Saum ihres Kleids so weit nach oben gerutscht ist. Ungeniert, beinahe vulgär grinst sie ihn an. Ihr grau meliertes Haar ist rot gefärbt.

Emil wagt einen Blick nach links.

Auf dem Sofa sitzt Pia.

»Was soll das?«, fragt er. Seine Stimme klingt fremd in seinen Ohren.

»Was meinst du?«

Emil lässt seinen Blick weiter durch den Raum schweifen.

»Peter? Wer hat ihn umgebracht?«, fragt Emil an Pia gewandt und merkt erst jetzt, dass sie eine Pistole auf ihn gerichtet hält.

»Es wird Zeit, dass ich hier Schluss mache«, sagt Pia und steht auf.

»Ich verstehe deine Worte, aber nicht den Sinn dahinter«, versucht Emil seine Stieftochter zu beschwichtigen und hebt die Hand mit dem Messer in die Luft. »Lass uns darüber reden, Pia. Wir können alles besprechen. Das warst doch nicht du, oder?« Seine Stimme zittert. Er lacht humorlos auf und schüttelt langsam den Kopf. »Das alles lässt sich bestimmt so darstellen, dass die Polizei glaubt, die beiden hätten sich selbst umgebracht. Überleg doch mal! Ich werde für dich aussagen und behaupten …«

»So, wie du damals die Polizei im Glauben gelassen

hast, mein Vater wäre versehentlich bei der Jagd erschossen worden?«

»Das ist was anderes«, sagt er und lässt das Messer fallen.

Pia reagiert darauf und senkt die Waffe.

Genau darauf hat Emil gehofft. Er handelt sofort.

28

Diese Schnelligkeit hätte ich Emil niemals zugetraut. Er hat mich mit einem fiesen Ablenkungsmanöver durcheinandergebracht und mir die Pistole aus der Hand geschlagen.

Er grinst höhnisch und leckt sich genüsslich die Lippen.

»Du bist ein dummes, dummes Mädchen, das bestraft werden wird, sobald ich hier fertig bin.« Er hat keine Angst, hatte sie nie gehabt. Sein Auftreten war nur eine Show.

Er bückt sich, zieht das Stilett aus Peters Hals und hält die mit Blut verschmierte Klinge ins Licht. »Mhm«, macht er und verzieht den Mund, sodass die Mundwinkel nach unten zeigen. »Ich dachte schon, ich hätte es verloren. Hat einst deinem Daddy gehört«, sagt er mit säuselnder Stimme und zeigt mit der abgebrochenen Spitze in meine Richtung. »Ist nicht mehr viel übrig von der früher mal langen Klinge. Hast du es ihm in den Hals gerammt?« Emil klopft sich mit der freien Hand gegen den Oberschenkel. »Ein Stück steckt noch immer in meinem Knochen. Dein Vater war ein Kämpfer und wusste sich zu verteidigen.« Das maliziöse Grinsen wird breiter. »Er hat dich echt geliebt und war auch Linkshänder, so wie du. Ich hatte den letzten verzweifelten Versuch deines Daddys, sich zu retten, nicht erwartet. Er hat auf mich eingestochen. Immer und immer wieder. So war er, ein Psychopath.« Emil stakst über Peters Füße hinweg, drauf bedacht, nicht ins Blut zu treten. Er fährt sich mit der Klinge über den Hals. Seine Haut hat überall rote Pusteln vom Rasieren. »Ich wollte ihm den Kopf abschneiden, aber nachdem ich so schwer verletzt wurde, konnte ich es nicht. Später ergab sich eine bessere Möglichkeit, er ist mir einfach vors Gewehr gelaufen.« Nun fährt er sich mit der Klinge über die Wange. Die dunklen Bartstoppeln verursachen ein schabendes Geräusch. »Ich habe die Fortuna an ihrem dicken Arsch gepackt und …« Er legt eine effektheischende Pause ein und schnalzt mit der Zunge. »Den Ausgang kennst du ja. Klar gab es Fragen zum Ablauf, aber nachdem ich deine Mutter in mein Haus gelassen hatte, war nach und nach Gras über die Sache gewachsen. Das hier gehörte deinem Vater.« Er deutet mit der linken Hand auf ein Foto, das in einem Rahmen an der Wand hängt. Sechs Männer stehen nebeneinander. Alle in Jägerkluft. Vor ihren Füßen liegt ein erlegter Keiler im weißen, mit Blut besprenkelten Schnee. »Wir waren eine tolle Truppe. Wäre dein Vater nur nicht so ein Feigling gewesen, dann wir noch vollzählig. Er wäre bestimmt stolz auf dich, wenn er gewusst hätte, dass du jemanden findest, der all diese Männer für dich tötet. Es war Viktor, habe ich recht? Er hat meine Freunde getötet.«

Ich schaue ihn an, ohne mich zu bewegen. Mein Inneres kommt mir vor wie gestaltlose Nebelschwaden, die sich bei Sonnenaufgang im Nichts auflösen. Alles, was bleibt, sind Schmerzen und das Gefühl versagt zu haben. *Was wäre, wenn …?* Dies ist die immer wiederkehrende Frage eines Opfers. Eine Frage, die nie beantwortet werden kann, solange man nicht bereit ist, sein Leben zu ändern und ihr nachzugehen.

»Viktor hat nichts damit zu tun. Ich war es.«

»Klar«, sagt Emil und schüttelt den Kopf. »Du nimmst ihn in Schutz.«

»Nein. Ich habe deinen Niva genommen, weil ich von hier verschwinden wollte, aber der Tank war leer.«

»Mhm, scheiße gelaufen, was?« Er fährt sich mit der Zungenspitze über die Innenseite seiner linken Wange.

»Ja. Scheiße für Tankred. Er stand besoffen am Straßenrand. Ich dachte, ich könnte ihm mit deinem Auto die Knochen brechen und dir diesen Vorfall in die Schuhe schieben, aber dann tauchte plötzlich Viktor auf und ich musste meinen Plan ändern. Denn plötzlich keimte eine neue Idee in mir auf, weil Gert ja auch einen Unfall hatte. Ich habe nicht nur Tankreds Zahn in deiner Weste versteckt …« Jetzt bin ich diejenige die schweigt und die kurze Pause dazu nutzt, den Ausdruck auf seiner Visage zu genießen. Die Erkenntnis, dass ich mehr bin, als er sich vorstellen konnte, jagt ihm eine gehörige Portion Angst ein.

»Du lügst!«, fährt er mich an. Seine mit Aggressivität durchdrungene Arglosigkeit macht Emil zu einer unberechenbaren Bestie. Er macht einen Schritt auf mich zu. Wir beide sind nur durch einen Beistelltisch getrennt. »Das hast du nicht alles allein bewerkstelligen können. Das kaufe ich dir nicht ab.«

»Das ist gut«, entgegne ich, denn das bedeutet, die Polizei wird ähnliche Schlüsse ziehen.

»Wie kann ein sechzehnjähriges Mädchen einen Mann dazu bewegen, sich in einem Zwinger mit wilden Bestien einzuschließen?«

»Das war nicht ich, sondern du, schon vergessen?« Zum ersten Mal in meinem Leben besiegt der Trotz meine Angst.

»Was erzählst du hier für eine Scheiße?«

»Ich habe mir deine Jacke und deine Stiefel ausgeliehen und dieses Stilett hat ihn davon überzeugt, meinen Anweisungen Folge zu leisten. Natürlich hat mich Ludwigs Nachbarin die ganze Zeit beobachtet. Du hast dir ja zuvor keine sonderliche Mühe gegeben, leise zu sein. Dank deines Vorgeplänkels hatte ich ein leichtes Spiel. Ich tat so, als wärst du zurückgekehrt. Zu Fuß, weil du deinen Eimer vergessen hast. Zu Ludwig habe ich gesagt, dass ich ihn mit diesem Ding töten werde.« Meine Augen schauen auf das Stilett in Emils Hand. »Mit einer Klinge am Hals war der nicht mehr so mutig. Er war schon immer ein Feigling. Wenn wir beide allein waren, hat er mich nie unsittlich angefasst, sondern wollte nur reden. Ich weiß, wovon ich spreche. Du willst wissen, wer diese Sauerei hier veranstaltet hat?« Ich balle vor Angst die Hände zu Fäusten und bemühe mich, dabei stoisch zu wirken. Mit leicht nach vorn gerecktem Kinn sage ich: »Das warst auch alles du und dann hast du nach der Waffe gegriffen und mich erschossen.« Mein Tod gehört leider auch zu diesem Plan.

»Dein Wille geschehe«, brummt Emil, steckt das Stilett in seinen Hosenbund, beugt sich vor, packt den Tisch und schleudert ihn gegen mich.

Ich will aufschreien, aber der Schrei bleibt in meinem Hals stecken. Rücklings falle ich zurück auf das Sofa und spüre die Last des Tischs auf meiner Brust und meinen Beinen.

Emil steht jetzt direkt vor mir. »Aber zuerst werde ich dir Manieren beibringen. Oder glaubst du, ich habe mich umsonst rasiert? Und du? Hast du dich da unten auch rasiert, wie ich es verlangt habe?« Er stemmt den rechten Fuß gegen den umgeworfenen Tisch. Der Druck auf meiner Brust raubt mir den Atem. »Ich werde es dir besorgen. Gehört dieses Szenario auch zu deinem Plan? Ha? Jetzt hast du nichts mehr zu sagen, was?« Er schmettert den Tisch zur Seite und packt mich an den Haaren. Die Finger seiner anderen Hand schließen sich wie ein Schraubstock um meinen Hals. »Ich werde dich zu Tode ficken«, schreit er mich an. Warme Speichelfetzen fliegen aus seinem Mund und landen auf meinem Gesicht.

»Das wirst du nicht«, krächze ich und schiebe meine linke Hand hinter seinen Rücken, wo das Stilett steckt.

Plötzlich taucht hinter ihm ein Schatten auf.

»Nein!«, schreie ich.

Emil deutet meinen Schrei falsch und grinst breit. »Ich mag es, wenn du dir vor Angst in die Hose ...«

Der dumpfe Klang des Schlägers, der seinen Kopf trifft, unterbricht seinen Redefluss und lässt seinen

Gesichtsausdruck gefrieren. Ein zweiter nicht minder heftiger Treffer, lässt seinen Kopf zur Seite schnellen.

»Viktor, nicht!«, brülle ich mit kratziger Stimme und hebe die Arme vor mein Gesicht. »Er darf nicht sterben, Viktor!«

Viktor hört nicht auf mich. Der Baseballschläger saust noch zwei weitere Male nach unten. Ich werfe mich gegen ihn und sehe Sterne.

»Ich bringe dieses Schwein um!«, kreischt er mit der Stimme eines Wahnsinnigen. »Ich bringe den Scheißkerl um!«

»Nein, tu das nicht!«, flehe ich ihn an.

Er hält den Schläger zu einem weiteren Schlag bereit über seinem Kopf.

»Viktor, mit deiner Hilfe können wir ihn hinter Gitter bringen.«

»Und dann?« Seine Augen sind rot und feucht. »Was geschieht dann? Er bekommt höchstens lebenslänglich, wenn überhaupt. In zehn Jahren ist er wegen guter Führung wieder draußen! Dieses Schwein wird gegen dich aussagen.« Sein Kinn zittert. Er hat sich die Unterlippe blutig gebissen und sieht mich an, ohne mich dabei zu sehen.

»Wird er nicht.« Eine weitere Stimme mischt sich ein. Wir beide schauen zur Tür. Dort steht Gert. »Ich habe alles mitbekommen. Zumindest den letzten Teil.« Er beugt sich nach unten und hebt die Pistole auf. »Stand in der Küche und habe auf den richtigen Moment gewartet. Aber du musstest ja dazwischen platzen.«

»Dein Vater hätte sie sonst umgebracht!«

Gert zuckt die Schulter. »So weit hätte ich es nicht

kommen lassen.« Jetzt sieht er mich an. »Gib her!« Gerts Miene ist steinern und emotionslos. Er streckt die rechte Hand in meine Richtung. »Gib mir diesen Dolch!«

Ich reiche ihm das Stilett.

Gert geht in die Knie und drückt den Griff in die Hand seines leblosen Vaters. »Er hat Peter erstochen. Horst wurde von Peter abgeknallt. Ludwig und Tankred mussten sterben, weil mein Vater es so gewollt hat. Ich habe den jungen Mann nicht umgebracht, und das ist gut so. Ich bin unschuldig, genau wie ihr zwei. Und jetzt lasst uns von hier verschwinden.«

»Von wem redest du, Gert?« Ich lasse mich von ihm auf die Beine ziehen.

»Von Edward.«

»Woher …?«

»Ich bin dir gefolgt.«

»Wo ist er jetzt?«, frage ich. Mir schwant nichts Gutes.

Viktor hat immer noch den Schläger.

»Edward geht es gut. Zum Glück ist er nicht schwer verletzt. Er liegt auf dem Sofa bei uns zu Hause. Kommt. Wir müssen uns beeilen. Die Polizei ist unterwegs.« Er reißt Viktor den Schläger aus der Hand, holt ein Taschentuch aus seiner Hose hervor und wischt damit den Griff ab.

»Gert?«

»Ja?«

»Wieso bist du auf einmal so …«

»Schlau?« Er grinst schief, in seinen Augen spiegelt sich Trauer wider. »Ich bin nicht so dumm, wie viele denken, aber da es viele dachten, war es für mich leichter, da einfach mitzuspielen. Und jetzt komm.«

»Was machen wir mit Emil?«, will ich wissen.

»Das, was du dir schon die ganze Zeit gewünscht hast. Wir bringen ihn um!« Gert holt mit dem Schläger weit aus, aber ich halte ihn davon ab, zuzuschlagen.

»Nicht auf den Kopf! Er soll nicht sterben, nicht heute Nacht. Wenn wir uns eine glaubhafte Story ausdenken, wandert er für immer in den Knast. Bitte, Gert. Er soll sein restliches Leben leiden, für das, was er uns angetan hat«, flehe ich ihn an.

Er zuckt mit den Schultern und schlägt mit dem dicken Ende des Schlägers zwischen die Beine seines Vaters.

»O Gott«, keucht der totgeglaubte Emil auf und fängt an zu zittern. »Nein!«, schreit er.

Gerts rechter Schuhabsatz zerquetscht Emils Lippen. Die Schreie gehen in ein blubberndes Gewinsel über. »Verrecke, du Schwein!«, stößt Gert hervor und tritt seinem Vater gegen die Rippen.

Aus weiter Ferne vernehme ich das Heulen von Polizeisirenen.

»Wer hat die Polizei gerufen?«, will Viktor wissen.

»Das war ich. Kommt jetzt!«, sagt Gert, wischt den Griff abermals ab und wirft den Schläger in den Flur, dorthin, wo Horsts Leiche liegt. Den Griff der Pistole drückt er in Peters rechte Hand.

»Er war Rechtshänder, geschossen hat er aber immer mit der Linken«, sage ich und bin froh, dass ich mir dieses Detail gemerkt habe.

Gert legt die Pistole in Peters andere Hand und schiebt mich dann mit sanfter Bestimmtheit nach draußen.

»Wie hast du uns gefunden?«, will ich von Gert wissen.

»Deine Mutter hat es mir gesagt. Sie hat meinen Vater beim Telefonieren belauscht.«

»Du hättest die Polizei nicht rufen sollen, Gert.«

»Ich habe den Krankenwagen gerufen, nicht die Polizei. Edward könnte sonst sterben.«

»Wir haben nur wenig Zeit, uns eine plausible Geschichte auszudenken. Deine Einmischung hat alles kaputtgemacht«, sage ich.

»Und dich gerettet. Du darfst nicht sterben, nicht für diese Männer«, widerspricht mir Gert und schiebt mich weiter.

»Wir werden auffliegen«, sage ich.

»Nicht, wenn wir uns an den anfänglichen Plan halten«, meldet sich Viktor zu Wort und macht die Tür auf. »Ich habe so viel Videomaterial, dass die Polizei keinen Zweifel daran haben wird, wer hier die Bösen sind.«

Wir steigen ein und Viktor fährt uns zurück zu Emils Haus.

29

EINIGE WOCHEN SPÄTER

Emil starrt vor sich hin. Seine Brust ist mit einem breiten Gurt an die stabile Rückenlehne fixiert, damit er nicht vornüber aus dem Rollstuhl fallen kann.

Das Sabberlätzchen um seinen Hals ist feucht.

Er nimmt das leise Geräusch der schmalen Räder wahr und das stetige Ruckeln, weil der grüne Linoleumboden uneben ist. Dafür sind die frisch gestrichenen Wände des langen Korridors makellos weiß. Das alles könnte er noch länger ertragen, nur um einer Gefängniszelle fernzubleiben, aber der Gedanke, dass er von seinem eigenen Sohn der Männlichkeit beraubt wurde, macht ihn schier wahnsinnig.

Wenn es zu einem Prozess gekommen wäre, würden seine Karten nicht gut stehen, aber die Lage war auch ohne Peters Unterstützung nicht aussichtslos.

Die Staatsanwalt hatte alle Register gezogen, aber dann ließ Emil sich etwas einfallen.

Selbst Viktors Behauptung, dass er gesehen haben wollte, wie Emil etwas vor Tankreds Haus in den Gully geworfen hätte, würde nichts bringen. Auch die Aussage der alten Marta, Ludwigs Nachbarin, die detailliert berichtet haben soll, dass Emil Ludwig dazu gezwungen hätte, in den Zwinger zu steigen, wäre hinfällig. Der Videobeweis wäre der letzte Tropfen gewesen, der den Richter dazu bewogen hätte, ein Urteil zu fällen, das Emil für den Rest seines Lebens hinter Gitter gebracht hätte. Wäre Emil nicht die rettende Idee gekommen, sich dumm zu stellen und vor sich hin sabbernd ins Leere zu starren und so zu tun, als bekäme er von all dem Geschehen um ihn herum nichts mit.

Er führt hier nicht gerade ein schönes Leben, aber er hat seine Freiheiten und wird täglich spazieren geschoben. Allerdings wird er auch schon mal mit Schmerzmitteln für mehrere Stunden ruhiggestellt.

»Schwester?«, ruft eine weibliche Stimme und der Rollstuhl bleibt stehen. Das leise Quietschen der Räder weicht dem leisen Röcheln von Schwester Antonia. Sie hat Asthma. Emil ist die weibliche Stimme, die gerufen hat, nicht gänzlich unbekannt. Sie gehört der Polizistin, die damals in seinem Haus aufgetaucht ist, als die Polizei nach Edward suchte.

Dieser ganze Aufwand wurde nur aus einem einzigen Grund betrieben. Edwards Vater ist ein wohlhabender Geschäftsmann und hat weder Kosten noch Mühen gescheut, um seinen einzigen Sohn so schnell wie möglich zu finden.

Später hatte diese Maja Martinez Emil zu dem Vorfall befragen wollen. Natürlich hatten sie Tankreds Blut auf seinem Niva gefunden und der Zahn in seiner Weste wurde auf DNS untersucht. Auch die Geschichte mit den

Hunden hatten sie der blöden Nachbarin abgekauft, die angeblich gesehen haben wollte, wie Emil den Mann ins Gehege prügelte. Pia hatte Viktor und Gert dazu überredet, der Polizei eine sehr glaubhafte Story aufzutischen.

Das alles hatte Emil mitbekommen. Er spielte nur den dämlichen Trottel, der sich in die Hose scheißt und wie ein Pawlowscher Hund unaufhörlich sabbert. Diese Rolle spielt er noch immer. Das muss er, wenn er nicht ins Gefängnis wandern will.

»Darf ich Herrn ...«

»Nein. Emil hat noch keine Anzeichen der Besserung gezeigt«, fällt Schwester Antonia der Polizistin ins Wort und dreht den Rollstuhl in die Richtung, in der Emil nicht nur Martinez, sondern auch Pia erblickt. Im läuft ein kalter Schauer über den Rücken.

Was will diese Schlampe hier?, denkt er und spürt, wie seine Wangen heiß werden.

»Das ist in Ordnung«, entgegnet die Polizistin. »Pia, seine Stieftochter, ist hier. Sie möchte eine erfreuliche Nachricht verkünden.«

»Und die wäre?«, fragt Schwester Antonia skeptisch.

»Pia und ihr Bruder haben sich dazu bereit erklärt, ihren Vater zu pflegen, bis er geistig wieder ...«

»Nein!«, schreit Emil plötzlich laut auf. »Das ist gegen die Vorschrift«, will er noch hinzufügen, aber dann werden seine Augen groß. Mit diesem einen Wort hatte er sich verraten. Jetzt war alles zu spät.

»Sehen Sie? Er spricht wieder und zeigt sogar eine emotionale Reaktion.« Pia klatscht in die Hände. »Ich habe Ihnen doch gesagt, dass das alles nur eine Fassade ist, hinter der er sich versteckt.« Sie hebt die linke Faust siegreich in die Luft. An der ledernen Schnur, die sie kurz baumeln lässt, hängt eine glänzende Pistolenkugel.

Emil versucht, sich wieder so zu geben, als würde er von seinem Umfeld nichts mitbekommen, aber sein Blick klebt an der Kugel, die in der Luft pendelt.

»Gert und ich können ihn täglich baden. So wie er mich früher gebadet hat, und uns um ihn kümmern, wie er es getan hat. Ich werde Hackfleischbällchen für ihn zubereiten, nach dem Rezept seines besten Freundes. Tankred hat sie geliebt.«

»Nein!« Der Zorn steigt wieder in ihm auf, gepaart mit unsäglichem Hass. »Halt dein dreckiges Maul! Halt dein verdammtes Maul, du … du undankbares Stück Kadaver!«, brüllt Emil, bis ihm die Stimme versagt. Seine Aussprache ist kaum verständlich, weil Gert ihm zwei der oberen Vorderzähne ausgeschlagen hat. »Du verfluchte Schlampe hast doch deine Beine gern für uns alle breit gemacht!«, lässt er seinem Zorn freien Lauf. *Was hat mir die Schwester heute gespritzt, dass ich mich kaum beherrschen kann?,* fragt Emil sich und hört sich weiter schreien. »Einen Scheiß wirst du mit mir anstellen! Lieber verrecke ich in der Jauchegrube.«

»Danke für den Hinweis, aber dort haben wir auch schon nachgeschaut und etwas entdeckt, das die Aussagen der jungen Leute nur noch bekräftigt. Sie haben ja all die Zeit nichts von dem Prozess mitbekommen.« Die Polizistin lächelt wissend und freut sich darüber, dass Emil so unvorsichtig ist und sich immer dichter an den Abgrund manövriert.

Er schnauft. Seine Augen werden riesig. »Das war sie, sie ganz allein! Sie ist eine Hexe!« Emil ignoriert die Polizistin. Natürlich haben die was in der Jauche gefunden, aber sie wollten nicht glauben, dass das Pia oder dieser Viktor gewesen sein könnten. Mit dessen plötzlichem Auftauchen kam ja das Ganze ins Rollen.

»Danke«, sagt die Polizistin mit einem dünnen Lächeln auf den Lippen und einem Gesichtsausdruck von Stolz. »Sie sollten später Polizistin werden«, lobt sie Pia.

»Du verfluchte Schlampe!« Emil will aufspringen und Pia den Hals umdrehen, aber der verdammte Gurt hindert ihn daran. »Ich bringe dich um!«, brüllt er aus Leibeskräften und zerrt an dem Verschluss.

Schwester Antonia versucht, Emil mit Worten zu besänftigen, aber dadurch gerät er nur noch mehr in Rage.

»Ab hier übernehmen die Kollegen«, mischt sich Maja Martinez ein und winkt zwei Polizisten herbei, die Emil erst jetzt bemerkt. »Die Untersuchungen sind seit gestern komplett abgeschlossen. Wir haben tatsächlich an sämtlichen Tatwaffen Fingerabdrücke feststellen und DNS-Spuren abgleichen können, die uns zu der Erkenntnis führen, dass nur Sie als Täter infrage kommen. Es sieht nicht gut für Sie aus. Der Zahn in Ihrer Westentasche hat auch einen Treffer geliefert«

»Nein, nicht in den Knast zu diesen pädophilen Arschlöchern, bitte nicht!«, schreit Emil und beißt Schwester Antonia in den Arm.

Die Polizisten eilen herbei, entreißen die zu Tode verängstigte Schwester seinem Griff und schaffen sie aus seiner Reichweite.

In dem ganzen Tumult schafft Pia es irgendwie, sich Emil zu nähern und ihm einen Satz ins Ohr zu flüstern.

»Nachdem dein Magen ausgepumpt wurde, hat die Polizei Gewebe entdeckt, das sich mit Tankreds DNS gedeckt hat – du hast den Schwanz deines Kumpels gegessen und seinen Darmausgang.«

Wie mit kaltem, zähflüssigem Eiswasser überschüttet, trifft ihn die Erkenntnis, dass er von Pia übertrumpft wurde und sie ihm all die Jahre ihres Missbrauchs heimgezahlt hat. Emil würgt. Brennende Galle steigt in ihm hoch und er übergibt sich im hohen Strahl. Dabei verschluckt er sich am eigenen Mageninhalt.

»Nein«, würgt er seine unbändige Wut hervor.

Er windet sich und schnappt um sich wie ein wildes Tier, spuckt die Männer an.

Plötzlich kippt der Rollstuhl zur Seite.

Ein warnender Ruf.

Die Polizisten versuchen, den Sturz zu verhindern, aber es ist zu spät.

Emil sieht Pias zufriedenes Gesicht vor sich, dann schlägt er mit dem Kopf auf dem Boden auf.

Pia verschwindet hinter einem dunklen Vorhang der Ohnmacht.

EPILOG

MONATE SPÄTER

Ich sitze auf einer Bank unter einer Trauerweide und genieße die Sonnenstrahlen auf meinem Gesicht. Zwar ist es immer noch kühl, aber der klare Himmel verheißt einen guten und sonnigen Tag.

»Ich darf nächste Woche nach Hause«, sagt meine Mama.

Nach einer mehrmonatigen Entgiftungskur ist sie nicht mehr dieselbe. Die Freude hat wieder Einkehr in unser Leben gehalten.

Emil darf das Gefängnis nie wieder verlassen, weil er nach dem Verbüßen seiner Strafe mit anschließender Sicherheitsverwahrung rechnen muss.

Gert hat unser Dorf verlassen und ist nach Berlin gezogen. Er arbeitet in einer Großmetzgerei und freut sich über sein neues Leben.

Mama und ich sind umgezogen und Viktor darf uns am Wochenende besuchen. Er ist mit seiner Oma zu Gisbert in den Nachbarsort gezogen. Die Gerichtsvorladung, die ich in seinem Mantel gefunden habe, hat sich nicht als das bewahrheitet, was ich befürchtet hatte. Bei diesem Prozess ging es lediglich um den Nachlass seines Vaters. Viktor ist nicht reich geworden, aber das Geld, das die Lebensversicherung seines Vaters nach dessen tragischem Tod ausbezahlte, wird Viktor helfen, ein neues Leben aufzubauen und eine Therapie anzugehen, die ihn dabei unterstützen soll, endgültig clean zu werden.

Edward geht es wieder gut. Seine Hüfte war nicht gebrochen, nur stark geprellt. Sein Vater hat uns alle mit Schecks entlohnt, auf denen vierstellige Beträge standen. Insgesamt fünfzehntausend Euro, so viel war ihm das Wohlbefinden seines Sohnes wert.

»Wessen Idee war das eigentlich?«, spricht meine Mutter mich auf die vorletzte Begegnung mit Emil an.

»Gerts. Er sagte, dass sein Vater getriggert werden kann, und zwar damit. Genau das hat ihn so in Rage gebracht, dass er sich verriet. Die Vorstellung, dass wir beide uns um ihn kümmern könnten, war völliger Quatsch. Ich würde nicht mal auf ihn pinkeln, wenn er in Flammen stünde. Aber es hat gereicht, um seine Maskerade zu zerstören.« Ich greife nach dem Lederriemen und hole einen Anhänger hervor, den ich stets als Talisman immer bei mir trage.

»Was ist das?«

»Gert hat sie mitgenommen und sie für mich präpariert, sodass sie nicht losgehen kann. Das ist die Kugel, die ich nicht abgefeuert habe, aus der Pistole, die wir ... ach, egal. Sie ist jetzt ungefährlich.«

Wir beide müssen lächeln, aber dann fragt meine Mama: »Wovon redest du?«

Meine Mama dreht sich zu mir, und ich beiße mir noch rechtzeitig auf die Zunge, verschlucke die Wahrheit und lasse mir eine Notlüge einfallen.

»Emil hatte mir mit dieser Pistole das Schießen beigebracht, und sie hat meinem Papa gehört«, laviere ich mich noch rechtzeitig aus der blöden Situation heraus. Denn selbst meine Mama darf die Wahrheit niemals erfahren.

»Er hat dich geliebt«, sagt sie mit träumerischer Stimme.

»Ich vermisse ihn«, gebe ich ehrlich zu und schließe die Augen.

Meine Mutter legt sanft ihre Arme um mich und drückt mich zärtlich an sich. »Es tut mir leid, dass ich dich im Stich gelassen habe«, flüstert sie mir ins Ohr, und ich schwöre mir, mich zu bemühen, ihr diesen Fehler eines Tages zu verzeihen.

»Woher weißt du, dass Emil seine Eltern umgebracht hat?«, will meine Mutter plötzlich wissen.

»Er hat sie im Schlachtraum begraben. Die Polizei hat nicht nur ihre, sondern auch noch die Leichen von anderen Frauen gefunden. Er selbst hat gesagt, dass er den Boden mit Beton ausgießen ließ, aber den Grund dafür hat er nie erwähnt.«

»Seine Frau auch. Er hat sie auch dort begraben, glaube ich«, murmelt sie und steht auf. »Ich habe gleich mein Gespräch mit dem Psychologen.« Sie schenkt mir ein Lächeln und reicht mir die Hand.

Ich greife nach ihren Fingern und stehe auf.

»Ich hoffe, dass wir beide wieder zueinander finden werden, Liebes.«

»Das hoffe ich auch, Mama.«

Wir umarmen uns und ich genieße diesen ersten Augenblick der Freiheit.

Das Leben kann wieder schön werden.

Ende

DANKSAGUNG

Nachwort

Ich danke allen meinen Lesern, die mich all die Jahre begleitet haben!

BÜCHER VON NOAH FITZ

Johannes-Hornoff-Thriller 1-10

Karl-Breuer-Thriller

Besuchen Sie den Autor auf Amazon und folgen Sie ihm, um keine Neuerscheinung mehr zu verpassen!

Printed in Poland
by Amazon Fulfillment
Poland Sp. z o.o., Wrocław

94836087R00141